JN058215

子規のおくのほそ道

《新装改訂版》

『はて知らずの記』を歩く

工藤寛正　著

はじめに──子規の奥羽行脚

俳句革新を唱えて近代俳句の基礎を樹立し、また写生と万葉調を特徴とする短歌革新を提唱した正岡子規は「歩く人」と称されるほど旅を愛した。

子規は明治十六年（一八八三）六月、初めて上京する際、愛媛県松山・三津浜港から海路神戸港までの行程を紀行『東海紀行』として書いた。これが十六歳子規の最初の紀行記であり、少年とは思えない達者な文章で、すでに名文家の片鱗を示している。以後、旅をする毎に紀行記を書いている。

上京後の同十八年九月、大学予備門の同級生である秋山真之（さねゆき）・井林博政・清水則遠（のりとお）らと、神奈川県鎌倉へ無銭旅行を企て、横浜・神奈川辺りで体力消耗のため止（や）めた失敗談を著わした『弥次喜多』がある。ついで同二十一年八月、子規は学友佐々田八次郎（採花（さいか））と二人で、東京・芝浦から蒸気船に乗って神奈川県浦賀に渡り、横須賀から金沢八景を経て鎌倉へ赴き、紀行『鎌倉行』を書いた。この時、大雨の中を一本の傘に二人は頭を入れて源頼朝の墓所を見物してから鎌倉宮へ向かう途次、子規は一塊の鮮血を二度にわたって吐いた。これが最初の喀血であり、二十一歳の子規はどんなに暗澹たる気分になっただろうか。

同二十二年四月三日から友人吉田匡と往復五日間を費やして、茨城県水戸の友人菊池謙二郎（仙湖）の実家を訪ねた徒歩旅行を、紀行『水戸紀行』として著わした。これは江戸時代の十返舎一九の『東海道中膝栗毛』に倣い、子規は野暮次、吉田は多駄八と名乗って、面白おかしく書かれている。この旅の時、水戸から大洗まで那珂川を船で下る途中、寒けがして震えがきた。旅から帰った五月九日、子規は本郷の常磐会寄宿舎で二度目の喀血をし、翌十日に医師に診てもらい、肺病という病名がついた。『水戸紀行』には「此船中の震慄が一箇月の後に余に子規の名を与へんとは神ならぬ身の知るよしもなけれど、今より当時の有様を回顧すれば覚えず粟粒をして肌膚に満たしむるに足る」と書いている。船中で寒けがして震えたのが、それが喀血へつながるものだったわけで、啼いて血を吐く〝ほととぎす〟ということで〝子規〟という号を用いることになったのである。

同年十一月、友人大谷是空の病気見舞のため、入院先の神奈川県大磯を訪ねた際に書いた紀行『四日大尽』も同じ調子で、「水戸紀行裏」と冠している。その後、同二十三年一月に冬期休暇を終えて、松山から多度津―丸亀までの紀行『上京紀行』、七月に東京から帰京の途次を書いた紀行『しゃくられの記』（上編）、八月に久万山・岩屋に遊んだ同（中編）、八月に上京の途中に近江に遊んだ同（下編）などがある。

なお、同二十三年前半にはベースボールに熱中して常磐会寄宿舎のベースボール大会に、キャッチャーとして活躍した。この頃はまだまだ体力に自信があり、野球服姿の写真が残っている。

翌二十四年三月下旬、「脳病（鬱憂病ノ類）ニ罹り学科も何も手につかず」（旅行後の四月六日付に叔父大原恒徳宛に送った書簡）の状態となり、房総行脚の一人旅を計画した。そして、三月二十五日から四月二日までの九日間、房総行脚に出掛けて書いた紀行『かくれみの』は「かくれ蓑」「隠蓑日記」「かくれみの句集」の三部作からなっており、和文・俳句・短歌・漢文・漢詩・英詩の文体から作成されている。

この旅の三月二十八日、千葉県長南で雨が降り出し、笠だけでは雨を防げずに蓑を買った。明治二十九年に著わした随筆『松蘿玉液』「旅行」には「……千葉より小湊に出でんと大多喜のほとりに春雨に逢ひて宿とらんも面白からずさりとて菅笠一蓋には凌ぎかねて路の辺の小店にて求めたる此蓑」と説明し、続けて「肩にうちかけたる時始めて行脚のたましひを入れて」として、〈春雨のわれ蓑着たり笠着たり〉と詠んでいる。

子規にとって、この蓑は単なる旅の想い出草ではなく、子規の文学にとって欠くべからざる「旅の魂」の象徴なのである。この蓑は、長い間子規庵の柱に掛けられていて、母親八重が子規の遺品として眺めている写真がある。

房総行脚後、健康はすぐれなかったが、同二十四年春、哲学の試験があるというので、その準備のため墨田向島の木母寺境内にある茶店の二階を借りて勉強に励むように決心した。だが、哲学の本を読むと、すぐに嫌になったが、それでもどうにかその時の試験は合格した。同年六月、いよいよ学年試験になって、精神状態が不安定になって堪えられず、ついに試験を抛擲して帰郷した。この時、子規は房総行脚の時の快適さが忘れられず、信州・木曽路への憧憬を心中に秘めていたので、何のためらいもなく木曽路を辿り、紀行『かけはしの記』を書いた。

同年八月十九日、帰省中の子規は郷土の友人太田正躬（柴洲）・竹村鍛（黄塔）の三人で、愛媛県温泉郡川内村（現・東温市）の唐岬・白猪の両滝を見物して、二泊三日の紀行『山路の秋』を書いた。

同二十四年に俳句もやや形を成してきて、子規は俳論『我が俳句〈二〉』の中に「明治二十四年頃より稍俳句に熱心し之を研究せんと思い起したり。此頃少しく実景を写し出さんと企てたれども毫も成功せず。猶前日の優柔孱弱の風を免れざりき。此年冬始めて七部集三傑集を読み、大に感ずる所あり。漫遊の念熾なり。僅に三日の糧を裹みて武蔵野を踏んで帰る。……」と書いている。子規はこの年、俳句に対してこれまでと違った意欲を持って臨んでいた。

同二十四年十一月上旬、子規は俳句分類の仕事から『猿蓑』や『三傑集』を読んで感ずるところがあって、句材を求めて三日間にわたって武蔵野旅行（埼玉県忍・熊谷・川越・吉見百穴など）に出掛けた。この時、埼玉県蕨で買い求めた菅笠を被って、武蔵野を巡って写生俳句への開眼があったとされている。

この「菅笠」は、同年三月の房総行脚の際に買った「蓑」とともに「旅の魂」の象徴として、子規庵の柱に掛けられている。

同二十五年二月末、新聞「日本」社主陸羯南（くがかつなん）の世話で、下谷区上根岸八八番地の下宿（金井ツル方）に転居し、六月に学年試験に落第した。この間、五月二十七日付の、新聞「日本」に紀行『かけはしの記』が掲載され、六月四日までに六回の連載であった。そして「日本」に俳句も投稿し、少しづつ俳句に自信を持った。

同年夏、子規は郷里に帰った。この時は落第し、退学しようか考えていたが、夏目漱石とともに東京を出発、京都で漱石と夜の清水寺・円山周辺を散策した。子規はひと夏を郷里で過ごし、八月三十一日に帰京した。

同二十五年十月三日、子規は雑誌「早稲田文学」の原稿執筆のため、神奈川県大磯の松林館に泊まり、雑誌の原稿を書き上げた後、紀行『大磯の月見』『大磯に引綱を見る記』を書いた。その後、十月十三日、鉄道馬車で大磯を出発し、箱根・三島・修善寺熱海・小田原方面を巡った四日間の紀行『旅の旅の旅』を執筆した。

その後、十月二十九日から常盤会寄宿舎の舎監で俳句の弟子である内藤鳴雪とともに栃木県日光を訪ね、紀行『日光の紅葉』を、十一月五日に群馬県妙義山の遠足に参加し、紀行『第六回文科大学遠足会の記』を著わした。

以上、学生時代には機会あるごとに好きな旅に出掛け、そこで子規は詩嚢（のう）を肥やして、紀行文を書き俳句を作った。

こうして俳句が本当に面白く、また相当やれるという自信ができてみれば、嫌な学校を我慢して通うよりは、きっぱりと退学した方がよいと考えた。それに健康状態や経済問題が、多かれ少なかれ退学決行に関係があったのだろう。そして、同二十五年十二月一日、新聞「日本」に入社して新聞記者となった。

入社早々の十二月七日、内藤鳴雪と東京郊外の高尾山に登り、紀行『馬糞紀行』（『高尾紀行』と改題）を発表した。翌二十六年三月二十五日、子規は肺結核のため鎌倉で保養中の陸羯南を見舞い、一人で鎌倉の名所を巡った紀行『鎌倉一見の記』を著わした。そして三月下旬、東京帝国大学文科大学国文科を正式に退学した。

一方、同二十六年になると、おおむね熱心に新聞「日本」に出社し、俳句仲間との往来も盛んで、俳句分類の仕事なども倦きずに続けていた。だが、二月中旬には血痰を吐いて病臥し、四月下旬には不眠症に悩み、六月中旬には瘧（おこり）を病んで臥床するという状態が続いた。このように身体が不調であるにつけても、宿痾の肺結核は次第に重症になるのではないかという不安が子規の胸中にあった。旅を愛する子規は、枕上に掛けてある「旅の魂」の象徴である蓑や菅笠を見ると、いやが上にも旅への憧憬の念を深め、「枕上の蓑笠を睨みて空しく心を苦しめんよりは奥山羽水を踏み越えて胸中の鬱気を散ぜん」（『はて知らずの記』）と決断した。子規にとって旅は最大の気分転換で、その上、その年は芭蕉二百年忌であったことから「おくのほそ道」を歩くのが流行っていることを俳友佐藤肋骨（ろっこつ）から聞かされた。そこで、今の内に芭蕉の歩いた「松嶋の風、象潟の雨」の道を、自らの足で歩いてみたいと強く祈念した。

だが、子規は喀血以来三年目の春を迎え、「病める身」の人生はあと幾ばくもないのではと考え、是非とも芭蕉の足跡を追う旅を第一の目的とし、さらに第二の目的は各地方にいる比較的有名な旧派宗匠らを訪ね、俳諧について対談してみたいと思い立った。

同二十六年三月から五月にかけて、子規は新聞「日本」に俳論『文界八つあたり』を掲載した。その内容は旧派宗匠らが俳句愛好家を利用して、点料（てんりょう）・入花料（にゅうか）（俳諧などの点者の受ける報酬）などの収入ばかりに心を汲々とし、また旧派宗匠らは学識も佳句も節操もない、役に立たない者たちであると痛罵した。そして、若手俳人たちは旧派宗匠らを月並宗匠という言葉で罵倒すると、それに対し旧派宗匠らは若手俳人を軽蔑を込めて書生俳諧と呼び返した。

このような状況の中で、子規は今までに得た知識と理解・見聞とをもってすると、旧派宗匠らとの俳諧についての主題であれば、充分に話し合える自信を持っていたのである。ただ、子規は旧派宗匠らを歴訪して俳論を闘わして、彼らに勝ちたいとか、彼らから新しい知識を得ようとか、さらに彼らを自分の意見で感化しようとかいう企てを持っていた訳ではなかった。

以上の目的を持って、奥羽行脚に旅立ちたいと、子規は主治医宮本仲に懇請したので、宮本は渋々と許可したのである。

ただちに子規は、陸羯南の口添えで衆議院議員であった林和一（俳号は江左）に会い、旧派宗匠らの中で大物の一人、明倫講社社長の春秋庵三森幹雄を紹介してもらった。三森は先般、新聞「日本」に連載した『文界八つあたり』で、さんざん旧派宗匠らの悪口を書いた子規であることを知っていたが、記事にこだわることなく、面会を承諾した。

そこで、子規は「この夏、奥羽地方を旅したいと思うが、何分不案内の土地であり、この地方の宗匠らと会って、俳論について話し合いたい」と述べて、是非とも貴殿の紹介状を頂きたいと頼んだ。すると三森は快く承諾してくれ、後日、各地の宗匠に対する添書きを書いて貰った。三森ほどの大物からの紹介状があれば、旅先の不安はなかった。この時、子規は〈涼しさやばせをを神にまつられて〉と詠み、いささか皮肉を込めながら三森を讃えて謝意を示した。

三森が書いた添書は美濃紙に認められ、包みの表紙には「添書　正岡常規持」とあった。その内容は、

添書

正岡常規

獺祭書屋主人

俳号　子規

右友人正岡氏士用休暇中祖翁細道之跡を尋ね殊に地方視察之為游杖致候間御逢之節ハ宜敷御風交被下成て特文学上之事ニ付御問答之度ハ無御遠慮御尋可被成候何事ニても本会へ之用事も御相談被下候て不苦候間為念添書仕候　匆々(そうそう)頓首

三森三木雄

磐城国

岩代国

陸前国

陸中国

陸奥国

羽前国

吟路諸大家

御中

其声は花橘や子規

あるなしの風に乱るゝ蛍哉

曇るべき声にはあらず枝かわづ

後手を突て眺むる蚊遣哉

紫陽花やまた〳〵そだつ花の形

乞評点

であった。

また、子規はこの奥羽行脚のために用意したものに、自筆で表紙に「奥の細ミち／奥州名所句集／其他」と題し、寒川鼠骨（そこつ）が「波手志羅記準備稿」と命名した冊子がある。そこには、芭蕉の『おくのほそ道』の立石寺（山寺）の〈閑かさや岩にしミ入蟬の声〉までの部分や、その『ほそ道』の旅中の俳句を多く集めている『雪丸げ』（曾良が記録した『ほそ道』随行の際の歌仙などを甥の周徳（しゅうとく）がまとめたもの）の写しがあった。これらを見ると、子規が芭蕉を慕って旅に出たものであることが解る。さらに、それには諸種の俳書から旅の行程にあたる場所の俳句を書き抜いたもの、内藤鳴雪ら知友から贈られた餞別の句文、行く先の土地の調査資料などを収めている。そして、奥羽行脚に最も必要なものとして、地図「輯製二十万分一図」の「はて知らずの記」行程に沿ってを携行した。子規の熱意はなみなみならぬものがあったことがうかがえる。

そして、子規は奥羽行脚出発の前日の七月十八日、高浜清（虚子）宛の書簡に、

……小生松嶋行の計画有之候処医師にとめられ今日迄遷延候故中心落付ず苦居候ひしに漸許を得て明日出発一ヶ月位漫遊之積に御坐候也　旅装心せき候まゝ大略御免被下度候　委細旅中より可申上候　早々

と書かれている。そして留別句、

松嶋の風にふかれん単物

を添えている。

子規が著わした紀行『はて知らずの記』の冒頭に、

松嶋の風象潟の雨いつしかとは思ひながら病める身の行脚道中覚束なくうたゝ寝の夢はあらぬ山河の面影うつゝにのみ現はれて今日としも思ひ立つ日のなくて過ぎにしを今年明治廿六年夏のはじめ何の心にかありけん、

松嶋の心に近き袷かな

と自ら口ずさみたるこそ我ながらあやしうも思ひしか、つひにこの遊歴とはなりけらし。先づ松嶋とは志しながら行くては何処には向はん。まゝよ浮世のうき旅に行く手の定まりたるもの幾人かある。山あれば足あり金あらば車あり。脚力尽くる時山更に好し財布軽き時却て羽が生えて仙人になるまじきものにもあらず。自ら知らぬ行末を楽みにはて知らずの日記をつくる気楽さを誰に語らんとつぶやけば罔両傍らに在りてうなづく。乃ち以て序と為す。

とある。子規は芭蕉の書いた『おくのほそ道』を、明らかに意識していたのであろう。

同二十六年七月十九日、子規はたまたま東京にいた親友五百木瓢亭唯一人に見送られて、上野停車場から東北線に乗って宇都宮へ向かった。三森の紹介状があったので、翌二十日に白河で有力な旧派宗匠、さらに二十一日に須賀川で地元名士の旧派宗匠に会った。そこで実際に彼らに会ってみると、『文界八つあたり』に「無学無識無才無智卑近俗陋平々凡々」と書いた通り、現実の旧派宗匠らの教養と熱意の無さを、目の当たりにした。

このため子規は忿懣やる方なく、ここで今回の旅の目的の一つであった「旧派宗匠との俳諧についての対談」が馬鹿らしくなって止め、〈その人の足あとふめは風薫る〉と詠み、芭蕉の旅の跡を歩くことにした。

子規は、この旅で奥羽地方の自然に親しく接し、実景実情によって新しい句作を得る写実的手法を会得した。そして、子規は旅によって、「名句ハ菅笠ヲ被リ草鞋ヲ著ケテ世ニ生ル、モノ」（河東碧梧桐宛に送った書簡）を体験したのである。

その後もたびたび旅を楽しんだが、この『はて知らずの記』は、まさに子規版の「おくのほそ道」であり、子規にとって畢生の大作であった。

*

筆者は大分以前から松尾芭蕉に対して興味を持ち、たびたび彼の故郷伊賀上野（三重県伊賀市）を訪ねて短文を作り、また都内の文学散歩を楽しむと、芭蕉に関する遺跡や句碑の多いのに気付き、じっくり調査して『図説　江戸の芭蕉を歩く』（河出書房新社）を著わした。だが、芭蕉といえば、やはり紀行『おくのほそ道』であり、その跡を追って「みちのく」の全行程を歩いてみたいと思った。そして、芭蕉に同行した河合曾良が書き残した『随行日記』を参考に、知人のカメラマンとともに車で丹念に巡った。さらに、地元の観光協会発行のパンフレットや地元出版社が刊行した書物を集め、新しく遺跡や句碑のある場所を発見すると、改めて現地に取材に行ったので、結局「おくのほそ道」を二度にわたって巡ったようなものである。こうして案内事典『おくのほそ道探訪事典』（東京堂出版）を出版することができた。

この取材中、芭蕉遺跡を訪ねた時、傍らに子規の句碑が建っているのにしばしば出合ったので、撮影しておいた。そこで『おくのほそ道探訪事典』上梓後、撮影しておいた子規句碑を調べてみると、それは紀行『はて知らずの記』の中で詠まれた句であることが解った。このため、改めて『はて知らずの記』の行程を追って取材に行くと、町おこしや文学愛好者の手によって、新しく建てられた句碑・文学碑が多数あり、これをまとめて上梓することにした。これにより、いかに子規ファンが多いかを知ることができる。

本書は三百三十四年の時空を超えた、芭蕉の『おくのほそ道』(一六八九)と百三十年前の子規の『はて知らずの記』(一八九三)とを比較して読むことができる書としてお読みいただければ幸いである。

令和五年(二〇二三)六月

目次

はじめに―子規の奥羽行脚　1

福島県

七月十九日　旅の第一夜は宇都宮の知人宅　23
芭蕉の旅立ち　26
七月二十日　白河で初めて旧派宗匠と面談　29
芭蕉の白河の関越え　31
七月二十一日　須賀川で会った旧派宗匠に失望　35
芭蕉、等躬との再会　38
七月二十二日　安積沼の「花かつみ」と遠藤菓翁　41
子規の見た安積沼は宝沢池　41／芭蕉と安積沼の「花かつみ」　42／
俳人遠藤菓翁宅に一泊　44
七月二十三日　二本松城下・黒塚を経て満福寺で一泊　47
安達ヶ原鬼婆伝説の黒塚　47／涼しい夜風を満喫して満福寺に一泊　52
七月二十四日　福島・信夫山で夜景を楽しむ　56

七月二十五日　文知摺石から飯坂温泉へ　59
信夫の里の文知摺石　57／芭蕉と文知摺石　60／飯坂温泉の医王寺　64／
芭蕉と医王寺　65
七月二十六日　飯坂温泉街の散策　73

宮城県

七月二十七日　松原寺・伊達の大城戸跡・藤中将実方の墓所　76
西行ゆかりの松原寺　76／信夫庄司佐藤一族の運命を決した伊達の大木戸跡　79／
武隈の松と竹駒神社　81／歌人藤原実方の墓所を訪ねる　84／
仙台の旅館で古嶋一雄へ手紙を書く　89
七月二十八日　仙台で一日休養　92
芭蕉仙台に入る　93
七月二十九日　仙台榴ケ岡・塩竈神社・松島の名所　95
榴ケ岡の散策　95／奥州総鎮守・塩竈神社の参拝　99／松島の観瀾亭　103／
瑞巌寺と五大堂　107／芭蕉はわずか一泊の松島見物　111

七月三十日　雄島・富山・歌枕の里・壷碑を巡る　114
霊場の雰囲気漂う雄島　114／芭蕉の雄島巡り　117／
松島四大観の一つ富山から歌枕の里へ　119／芭蕉の歌枕巡覧　121／多賀城跡の壷碑　127
七月三十一日　南山閣の鮎貝槐園を訪ねる　133
八月一日　槐園が夜に旅館を訪ねる　137
八月二日　仙台市内の名所を見物　138
八月三～四日　南山閣で槐園と文学談義を続ける　142
八月五日　作並温泉に一泊　143

山形県

八月六日　県境関山峠越え　146
関山峠を越えて山形県へ　146／山形県での第一夜は楯岡で　151
八月七日　疲労困憊のなかを大石田へ　156
芭蕉と大石田　160

八月八日　最上川を下って古口で一泊　164
芭蕉の最上川乗船の場　168
八月九日　最上川を下って、清川・酒田へ　170
最上川の奇景　170／清川で上陸し酒田へ　178／酒田での行動　181／
出羽三山の参拝後、鶴岡を経て酒田へ　184

秋田県

八月十日　吹浦・三崎峠を経て、大須郷へ　188
疲労困憊で砂塵道を吹浦へ　188／芭蕉らは豪雨のため吹浦に一泊　193／
三崎峠を越え、大須郷の一軒家　194
八月十一日　大望の象潟から本庄へ　199
象潟の変貌で、大望が失望へ　199／芭蕉と象潟　200／足の痛みに堪えながら本庄へ　207
八月十二日　道川で宿泊　209
八月十三日　八郎潟を望み、一日市に宿泊　211
八月十四日　三倉鼻と八郎潟　213

八月十五日　人力車に乗って大曲へ　218

岩手県

八月十六日　黒森山峠を越えて湯田温泉峡へ　221
奥羽山脈越えの山路で野いちごを食う　221／黒森山峠を越えて湯田温泉峡湯本温泉へ　224
八月十七日　和賀川に沿って黒沢尻へ　228
八月十八日　黒沢尻の旅館で青年らと俳談　230
八月十九日　水沢公園を訪ね、帰京の途に　232
八月二十日　夜汽車で帰京　234

参考文献　236

あとがき　237

カバー写真：正岡子規像（旅立ちの像）
松山市・子規堂（工藤寛正撮影）
本文写真撮影：一花茂／工藤寛正
装幀・デザイン：メトロポリタンプレス

子規のおくのほそ道

『はて知らずの記』を歩く

旅立つ姿の子規像（松山市・子規堂）

『はて知らずの記』の行程
明治26年7月19日～8月20日
子規の行程
宿泊地と日程
青森県
岩手県
秋田県
山形県
宮城県
新潟県
福島県
栃木県
一日市 8月13日
秋田 8月14日
道川 8月12日
本庄 8月11日
大曲 8月15日
湯本温泉 8月16日
黒沢尻（伊勢屋）
8月17～18日
大須郷（賤の一軒家）8月10日
8月19日水沢停車場から
夜行列車、車中泊で
8月20日上野停車場へ
酒田 8月9日
古田（具足屋）8月8日
大石田（最上家）8月7日
楯岡 8月6日
作並温泉（岩松旅館）8月5日
松嶋（観月楼）7月29日
※仙台
※仙台
仙台（南山閣）8月3～4日
仙台（針久旅館）8月1～2日
仙台（南山閣）7月31日
仙台（針久旅館）7月30日
仙台（針久旅館）7月27～28日
飯坂温泉 7月25～26日
福島（小川太甫宅）7月24日
二本松（満福寺）7月23日
南杉田（遠藤菓翁宅）7月22日
郡山 7月21日
白河 7月20日
宇都宮（佃一予宅）7月19日
東京より

七月十九日　旅の第一夜は宇都宮の知人宅

この日、子規は草鞋履き脚絆掛けでなく、新調の直履き（じかばき）の駒下駄に、裾を引きずるほど長い袴という整った身なりの旅姿であった。

俳人三森幹雄の紹介状を持って各地の旧派宗匠を訪問する必要上、少々風采を整える必要があったのだろう。そして病身であったから、山野を跋渉（ばっしょう）する強行軍は避けなければならず、遊山気分であったからである。子規は、この奥羽行脚は紳士旅行だと思っていたのである。

当時、東北線の時刻表（明治二十七年）によれば、上野停車場から宇都宮停車場までは一日六便で、朝九時に発車すると、宇都宮到着は午後零時三十五分で、所要時間は三時間三十五分であった。宇都宮以北は一日四便であり、かなり不便であった。

たまたま東京にいた親友五百木瓢亭（いおぎひょうてい）（良三）唯一人に見送られて、子規は上野停車場から北を目指して出発し、

みちのくへ涼みに行くや下駄はいて

と、遊び心から一句を捻った。そして『はて知らずの記』（以下、引用文の出典を明記していないものは、

全て『はて知らずの記』に、

まことや鉄道の線は地皮（ちひ）を縫ひ電信の網は空中に張るの今日椎の葉草の枕は空しく旅路の枕詞に残りて和歌の嘘とはなりけり。されば行く者悲まず送る者歎かず。旅人は羨まれて留（とど）まる者は自から恨む。奥羽北越の遠きは昔の書にいひふるして今は近きたとへにや取らん。

と記している。芭蕉が「おくのほそ道」を歩いていた時代とは違って、鉄道の敷設によって目的地は近くなり、また気軽に旅ができるようになった。

上野停車場を出発した汽車は、子規の住む根岸を過ぎれば、車窓からは田圃が渺々（びょうびょう）と見え、

　宙を踏む人や青田の水車

と、田に水を入れるのに足踏み式の水車を使っている風景を詠んでいる。

なお、平成十三年に上野公園内の五条天神社（東京都台東区上野公園４丁目）の境内に、

　みちのくへ涼みに行くや下駄はいて

　秋風や旅の浮世の果知らず

と併刻された子規の句碑が立てられた。

宇都宮停車場で下車した子規は、奥羽行脚の第一夜を郷土の先輩である佃一予（かずまさ）宅に泊まった。佃は明治十四年（一八八一）、旧松山藩育英事業の常盤会寄宿舎に入り、同二十一年九月に初代舎監となっ

て、同二十三年七月、東京帝国大学法科大学法科を卒業するまで舎監をつとめた。佃は政治家を志望しただけあって豪快な硬骨漢で、大の文学嫌いであった。そこで軟弱な小説や和歌・俳諧に興味を持つ如きは以ての外と、寄宿舎の粛清はまず文学熱の掃討からという持論で、子規ら一派の行動を敵視した。これに対して、子規らに加担する舎生も多く自然に硬軟両派に分裂したが、子規は温厚な人物であったので、表面上で佃に反抗する態度はとらず、黙殺していたようだ。佃は卒業後、内務省に入省して広島県参事官を経て、子規が訪れたときは栃木県参事官であった。子規は佃宅に宿泊した際、文学嫌いの佃とどんな話題を話し合ったか興味がある。

　この日、夕立があり、「驟（しゅう）雨滝の如く灑（そそ）ぎて神鳴りおどろ〳〵しう今にも此家に落ちんかとばかり　思はれて恐ろしさいはん方なし」と記し、

　　夕立や殺生石のあたりより

とある。この夕立は那須湯本温泉（栃木県那須塩原市湯本）の賽の河原にある金毛九尾の狐の怨霊が化身したと伝えられ

五条天神社境内に立つ子規の句碑

た殺生石のあるあたりから降りだしたと詠んでいる。

芭蕉の旅立ち

一方、芭蕉は元禄二年（一六八九）三月初旬、深川芭蕉庵（東京都江東区常盤1丁目）を他人に譲り、仙台堀川に架かる海辺橋畔（江東区深川1―9）の杉山杉風の別荘採茶庵に仮寓していた。そして三月二十七日早朝、小舟に乗って小名木川から隅田川に出て、流れを遡って千住大橋北岸あたり（足立区千住橋戸町）に上陸した。ここで芭蕉と曾良とは多くの知人門弟に見送られて、奥州・日光街道（国道4号線）を北上し、奥州紀行に出立した。

『おくのほそ道』に、

弥生も末の七日、明ぼのゝ空朧々として、月は在明にて光おさまれる物から、不二の峰幽にみえて、上野・谷中の花の梢、又いつかはと心ぼそし。むつましきかぎりは宵よりつどひて、舟に乗て送る。千じゆと云う所にて船をあがれば、前途三千里のおもひ胸にふさがりて、幻

採茶庵跡の旅姿の松尾芭蕉像

のちまたに離別の泪をそゝぐ。

　行春や鳥啼魚の目は泪

是を矢立の初として、行道（ゆくみち）なを（ほ）すゝまず。人々は途中に立ならびて、後かげのみゆる迄はと、見送なるべし。

と記している。

　この矢立の初とされる右の句は、千住大橋の南方300メートル程の所に建つ素盞雄（すさのお）神社（荒川区南千住6―60）の境内に、その句碑が立っている。芭蕉の旅立ちから百三十年を経た文政三年（一八二〇）に建てられ、碑面には、

　千寿といふ所より船をあがれば、前途三千里のおもひ胸にふさがりて、幻のちまたに離別のなみだをそそぐ

　行くはるや鳥啼魚の目はなみだ　　はせを翁

とあり、文字は儒者の亀田鵬斎（ほうさい）の揮毫で、下部に谷文晁の弟子である建部巣兆（そうちょう）の描いた芭蕉坐像が刻まれている。建立当時の碑は傷みがひどく、現在の碑はレプリカである。

素盞雄神社境内に立つ芭蕉の句碑

千住大橋を渡り、橋北詰めの西側に大橋公園（足立区千住橋戸町）があり、園内に「おくのほそ道矢立初」の碑がある。薄茶色の自然石の正面に黒御影石が嵌め込まれ、『おくのほそ道』の冒頭の一節が刻まれている。ここから旧日光街道へ行くと、入口に芭蕉の石像が立ち、旧街道をしばらく進むと、千住宿歴史プチテラス前に『ほそ道』の初案、

鮎の子の白魚送る別れかな　　芭蕉

と刻まれた句碑が立っている。当時、千住宿を流れる荒川（隅田川）は白魚の産地であったことから、千住宿への挨拶句として詠まれたという。

芭蕉は「おくのほそ道」の最終点の美濃国大垣で詠んだ〈蛤のふたみにわかれ行秋ぞ〉であり、『おくのほそ道』執筆に際し、推敲改案して、〈行く春や……〉と〈……行秋ぞ〉とを照応されたのであろう。

芭蕉は千住宿を出立し、草加宿（埼玉県草加市）を経て粕壁（埼玉県春日部市）で旅の第一夜を過ごした。その後、栗橋関所―古河―間々田―小山―室(むろ)の八島（栃木県惣社町）―壬生―鹿沼宿（栃木県鹿沼市）を経て、日光例幣使街道（国道121号線）を進んで、日光へ向かった。芭蕉と曾良は宇都宮へは立ち寄らなかった。

七月二十日　白河で初めて旧派宗匠と面談

この日、郷土の先輩佃宅で一夜を明かした子規は、東北線に乗り白河停車場へ向かった。発車後、車窓から下野（しもつけ）の田園地帯や那須の山々を望み、

田から田へうれしさうなる水の音

萱草や青田の畦の一ならび

汽車見る〳〵山をのぼるや青嵐

などと詠んだ。また、走り過ぎる車窓から那須野原には見渡す限り夏草が生い茂り、ところどころ菖蒲や撫子の花が咲いているのが望まれたので、

下野のなすのゝ原の草むらにおほつかなしや撫子の花

草しげみなすのゝ原の道たえてなでしこ咲けり人も通はず

と短歌を作った。

子規は「車勢稍緩く山を上るにこのあたりこそ白河の関なりけめ……」と推測しているが、白河の関（福島県白河市旗宿）はもっと南方で、谷沿いであった。白河の関は勿来（なこそ）の関（福島県いわき市勿来

町）、念珠ヶ関（山形県西田川郡温海町鼠ヶ関）と並ぶ古代奥羽三大関所の一つである。

白河停車場に降り立つと、雨だと思ったらすぐに晴れ、定まらない天候であった。奥羽行脚の子規は、汽車を利用して二日目に白河の関を越えた。

子規は、白河停車場から東方半里程の所にある結城氏が築いた白川城跡（白河市八竜神）の見物に向かった。城跡へは山道を登ると、本丸跡があり、後村上天皇行幸碑、徳富蘇峰の文になる城主結城宗広の顕彰碑が立っている。本丸跡の北側石川街道（県道11号線）に面して、城の搦手（裏門）そばの岩壁に感忠銘磨崖碑がある。高さ約8メートル、幅約3メートルの大きな碑は文化十年（一八一三）、結城宗広・親光父子が後醍醐天皇に尽した忠烈を顕彰するために刻まれたものである。題字の「感忠銘」の文字は白河藩主松平定信の揮毫である。この碑前は涼しく、

すゞしさやむかしの人の汗のあと

と詠んでいる。子規の奥羽行脚中はよほ

白川城跡の岸壁に刻まれた感忠銘磨崖碑

ど暑かったのであろう、多くの句が「涼しさ」を詠み込んでいる。

子規は白河市内に戻り、今回の奥羽行脚の目的の一つが旧派宗匠らとの面談であったので、まず本町辺りに住むこの地での有力な宗匠中島山麗（さんれい）を訪ねた。この面談の情況を、河東碧梧桐（かわひがしへきごどう）著の『子規の回想』の中で、「人間味にも芸術味にも、何ら触れることのない、其の癖坐作進退に四角張った礼儀を守つてゐなければならない空虚な応対は、先ず子規のさほど重きを置いてゐなかつた期待さへうら切つた。倦怠そのもので終始した」と記している。

子規は山麗との面談については、何も記していない。だが、俳句革新に情熱を燃やす子規にとって、旧派宗匠との対面は時間の無駄と考えたのに違いない。

芭蕉の白河の関越え

一方、芭蕉は『おくのほそ道』に、

……春立てる霞の空に、白河の関越えんと、そぞろ神のものにつきて心を狂はせ、道祖神の招きあひて取るもの手につかず。


と記し、強烈な陸奥への旅心が始まる。

元禄二年（一六八九）三月二十七日、芭蕉と曾良とは奥羽行脚に出立して、千住から草加―越谷―粕壁（春日部）―古河―間々田―小山―室の八島―壬生―鹿沼―日光―玉生宿―那須野原―黒羽―高久宿―那須湯本殺生石―芦野の里・遊行柳を経て、二十四日間をかけて四月二十日、白河の関に到着した。芭蕉は白河の関に到着して、初めて旅心が定まったという。さらに『おくのほそ道』に、

心許なき日かず重なるまゝに、白川の関にかゝりて旅心定まりぬ。「いかで都へ」と便求しも断也。中にも此関は三関の一にして、風騒の人心をとゞむ。秋風を耳に残し、紅葉を俤にして、青葉の梢猶あはれ也。卯の花の白妙に、茨の花の咲きそひて、雪にもこゆる心地ぞする。古人冠を正し衣装を改し事など、清輔の筆にもとゞめ置かれしとぞ。

と記している。白河の関は古代蝦夷への備えとして設けた関で、芭蕉はこの白河の関を、平安期の歌人に敬意を表して、文中にそれぞれの古歌をちり

古代奥羽三大関所の一つ白河関跡

白河関跡内に立つ古関蹟の碑

ばめている。

「いかで都へ」は平兼盛の、

たよりあらばいかで都へ告げやらむ今日しら川の関は越えぬと（『拾遺集』）

「秋風を耳に残し」は能因法師の、

都をば霞とゝもに立しかどあき風ぞふく白河の関（『後拾遺集』）

「紅葉を俤にして」は佐大弁朝宗の、

もみぢ葉の皆ぐれなゐに散しけば名のみ成けり白川の関（『千載集』）

「青葉の梢」は源三位頼政の、

都にはまだ青葉にて見しかども紅葉ちりしく白河の関（『千載集』）

「卯の花の白妙に」は藤原季通の、

見て過ぐる人しなければ卯の花の咲ける垣根や白河の関（『千載集』）

「雪にもこゆる心地」は久我通光の、

白河の関の秋とは聞きしかど初雪分くる山のべの道（『夫木集』）

である。白河の関は、古来有名な歌枕であり、六人の古歌を書き込んでいるのは驚異に値するものである。そして、この章を曾良の句、

卯の花をかざしに関の晴れ着かな　曾良

で結んでいる。すなわち、古人が衣装を改めて通ったという
この白河の関を、今は一蓑一笠の身は、ただ卯の花を髪飾り
として、せめてそれを関の晴れ着の代わりとして通ることに
したのである。

芭蕉と曾良とは四月二十一日、旗宿（はたじゅく）（白河市）を出立し、
白河の関を越えて関山（標高618メートル、白河市関辺）に
登り、山頂に聖武天皇勅願により建立されたと伝えられる古
刹満願寺に参詣した。山頂からは、晴天なら三六〇度の眺望
が素晴らしく、西北には那須連山、白河・会津の山々、南東
には八溝山系の山々と阿武隈連山が波打って望まれる。この
関山からの眺望によって、確かに下野（しもつけ）地方の山々を越え、陸
奥地方へ入ったという実感を得たことで、「旅心定りぬ」という確信を得たのであろう。

下山後、畦道を歩いて白河城下に立ち寄って、奥州街道（国道4号線）を北上した。

関山山頂に建つ満願寺

七月二十一日　須賀川で会った旧派宗匠に失望

この日、白河で一夜を明かした子規は、早朝に散歩に出掛け、森を見かけて登っていくと天神山神社（白河市天神町2）が建っていた。杉の古木に囲まれた境内は静まり返り、そのまんまの情況を、

　夏木立宮ありさうなところかな

と詠んだ。現在、この付近は往時の木立の風情はないが、境内には地元の今井竹翁が昭和三十二年初夏に立てた子規の句碑がある。

散歩後、子規は白河停車場から東北線に乗り、須賀川（須賀川）へ向かった。車窓から望む風景を見ながら、

　麦刈るや裸の上にこもひとつ

　山里の桑に昼顔あはれなり

　やせ馬の尻並べたるあつさかな

などの句を口ずさんだ。

天神山神社境内に立つ子規の句碑

子規は須賀川停車場で下車し、現在の須賀川市中町に住む名望家で須賀川俳壇の宗匠道山壮山（通称は三次郎）を訪ねた。壮山は東北地方に杖を曳く俳人たちがここの門を敲かないことはないといわれたほどの有名な俳人であったという。無名で若輩の子規を見て、「……若輩に見えた子規はさらに歯いせられなかった。当時東京で有名な宗匠といえば、金羅、幹雄、永機などあつたが、幹雄門にでも入つて、もつと勉強するといいなどと頭から教訓を垂れるのみであつた」（河東碧梧桐著『子規の回想』）と記している。また、この宗匠と子規との対面を、「彼等宗匠の無学無智無才卑近平凡たるさまに、心底からの憤懣を投げている。それにしても、この宗匠と子規との対面、白髯を蓄えた老宗匠の前に、袴をつけた一書生が畏まり、宗匠を痛罵した書生とも知らずに、醇々と幹雄入門を説く場面は、明らかに滑稽味を帯びている」（村山古郷著『明治俳壇史』）と記している。

子規が奥羽行脚に出掛けたのは、俳句革新者として自らの位置を確かめることと、旧派宗匠と直に接したいという目的と、さらに子規の知らない地方俳壇の動静などに関心があったからである。だが、子規が実際に接してみると、そのような期待は完全に裏切られて、『文界八つあたり』に書いた旧派宗匠らを痛烈に罵倒した通りの旧態依然とした実状であった。

子規は憮然として道山邸を辞去し、さっさと須賀川停車場から郡山へ去ろうとした。だが、この地は江戸後期の画家で、日本で最初に銅版画を制作した亜欧堂田善の故郷であることを思い出した。そして子規は「昔当駅に亜欧堂田善といふ人あり。司馬江漢の門に入りて油絵及び銅版を善くす。東西半球及び江戸名所等の銅版精細いふ許りなく文字抔肉眼にては弁へがたき程なりしに今は其の板も伝はらず且つ壮山氏の蔵せし油絵も銅板の摺物も数年前回禄の災にかゝりて奇世の珍品一朝の烏有に帰したりとぞ。実に惜しむべし」と書いている。

郡山停車場で下車して、止宿した子規は宗匠訪問の失望から、痛烈な批判を込めて、愛媛県松山市の河東碧梧桐宛に書簡を送った。文面には、

小生此度の旅行は地方俳諧師の内を尋ねて旅路のうさをはらす覚悟にて東京宗匠之紹介を受け已に今日迄に二人おとづれ候へとも実以て恐入つたる次第にて何とも申様なく前途茫々最早宗匠訪問をやめんかとも存候程に御座候　俳諧の話しても到底聞き分ける事も出来ぬ故つまり何の話もなくありふれた新聞咄どこにても同じ事らしく其癖小生の年若きを見て大に軽蔑しある人は是非幹雄門へはいれと申候故少々不平に存候処他の奴は頭から取りあはぬ様子も相見え申候　まだ此後どんなやつにあふかもしれずと恐怖之至に候　此熱いのに御行儀に坐りて頭ばかり下げてゐなければならぬといふも面白からぬ事に候　せめてはこれらの人々に内藤翁の熱心の百分の一をわけてやり度候

半紳士半行脚の覚悟故気楽なれども面白き事はなく第一名句は一句とても出来ぬに困り候　小生は今日に於て左の一語を明言致し申候

名句は菅笠ヲ被リ草鞋ヲ着ケテ世ニ生ル、モノナリ

先は大略悪旅店之腹立まぎれしるす

と書かかれている。

この書簡は、郡山に投宿した際に旅館が若輩者の子規に対する冷遇ぶりや、さらに二日間にわたる旧派宗匠に対する不平を爆発させて、せめて胸中の鬱憤を発散しようとしたあとが、はっきり見てとれる。

書簡を書き上げた後、子規は夜散歩に出掛け、露店で氷水を買い、「此地の名誉にして田舎の開化なるべし」といっている。明治維新後、わずか二十六年を経た現在、一般庶民が夏の夜に氷水を食べる喜びを味わえるようになった。

芭蕉、等躬との再会

一方、芭蕉は元禄二年（一六八九）四月二十二日、奥州街道（国道4号線）を北上し、江戸日本橋から五十九番目の須賀川の一里塚を過ぎて、須賀川宿に着いた。芭蕉は、まず俳人相楽等躬（さがらとうきゅう）邸を訪ねた時、等躬は「白河の関はどんなにしてお越えになりましたか、定めてよい句ができたことでしょう」と問うた。これに対して、芭蕉は「長い旅路に疲れ、そのうえ風景にすっかり心を奪われ、昔のことをいろいろと思い浮かべて、十分に句は作れなかった」と答え、

風流の初や奥の田植うた

という句を示した。この句碑は十念寺（須賀川市池上町）境内に立っている。

芭蕉が訪ねた等躬は、須賀川俳壇の祖といわれ、須賀川宿の駅長（諸色問屋とも）をつとめていた。等躬は若い頃に江戸へ出て、松永貞徳門下で江戸俳壇創世期の中心的人物といわれた石田未得に師事し、未得没後はその門人岸本調和に学んだ。また延宝年間（一六七三〜八一）、同じ貞徳門下の北村季吟に師事していた芭蕉とも親交があった。芭蕉が桃青と号して、俳諧宗匠として世に出る時に興行した「桃青万句」の会の時、等躬も出席した。等躬は俳句界で芭蕉の先輩格であるが、相当親密な知己の間柄であった。この時、芭蕉は等躬に十年ぶりの再会であった。

翌二十三日、栗の木の下に庵を結び隠栖する俳僧可伸庵（須賀川市本町）を訪ね、

世の人の見付ぬ花や軒の栗

と隠者への共感を詠んでいる。この句碑は可伸庵跡にあり、文政八年（一八二五）八月、地元の俳人

十念寺境内に立つ芭蕉の
「風流の初や奥の田植うた」の句碑

石井雨考によって建立された。

その後、二十四日は可伸庵で須賀川俳壇のお歴々らと七吟歌仙の会があり、二十七日は芭蕉・等躬・曾良の三吟三物四句を催し、二十八日は町内の十念寺・諏訪明神に参詣した。芭蕉は等躬邸に旅装を解いて一週間、ゆっくり逗留し、俳僧可伸の隠栖先を訪ねたり、歌枕に関する閑談、幾度かの俳筵興行を重ねて、しばらく白河の関越えの風流の余韻を楽しんだのである。

俳僧可伸邸跡

そして四月二十九日、芭蕉は等躬に別れを告げ、奥州街道を東に離れて石川街道（国道118号線）を東南に進み乙字ケ滝（別称は石河の滝、須賀川市前田川・石川郡玉川村竜崎字滝山）を見物した。その後、須賀川三春線（県道54号線）を郡山宿へ向かって進み、途中、征夷大将軍坂上田村麻呂が東征の折、戦勝を祈願したという田村神社（郡山市田村町山中）などを見物しながら、金屋を経て、郡山宿に到着した。

七月二十二日　安積沼の「花かつみ」と二本松の遠藤菓翁

子規の見た安積沼は宝沢池

冷遇された郡山の宿舎で一夜を明かした子規は、まず浅香沼（安積沼）の見物のため奥州街道（陸羽街道、県道35号線）を徒歩で北上した。正面に安達太良山（標高1699メートル）が遥か彼方に白雲の間にぼんやりと望まれ、

　短夜（みじかよ）の雲をさまらずあだゝらね

と詠みながら歩いた。そして、

　郡山より北上すること一里余福原といふ村はづれに長さ四五町幅二町もあるべき大池あり。これなん浅香沼といひつたへける。小舟二三隻遠近（おちこち）に散在し漁翁篙（さを）を取て画図の間に往来するさま幽趣筆に絶えたり。

と記している。子規はこの大池を浅香沼と思った。だが、こ

田圃と化した安積沼跡（郡山市日和田町）

の大池は宝沢池（郡山市富久山町福原）のことで、安積沼ではなかった。古川古松軒著の『東遊雑記』には「郡山の駅より北二十町に室(宝)沢の沼というあり、昔時は五百間余の沼なり、今はわずかに残れり」と記され、現在は沼も少なくなり、地図上に安積沼と記された沼はない。郡山市日和田町の農道に、郡山市が建てた案内板には「中世の安積沼は広々とした湖のようであったが、芭蕉が訪れた頃は昔時の姿を失っており……」と書かれている。とっくの昔に埋め立てられて、田圃化していた。このため子規も誤認したのも当り前である。

芭蕉と安積沼の「花かつみ」

一方、芭蕉が関心を示したのは、安積沼の幻の花「花かつみ」（掲示板には「姫射干（ひめしゃが）」「アイリス」のこととある）であった。芭蕉は奥州紀行の旅に出立する前に、窪田猿雖（えんすい）宛の書簡に「弥生に至り、待侘候　塩の桜、松島の朧月、あさかのぬまのかつみふく頃より北の国に巡り」と意識されていたからである。そして元禄二年（一六八九）五月一日、芭蕉は安積沼を訪ねた。

この安積沼に生えている「花かつみ」について、陸奥国に左遷された藤原陸奥守実方（さねかた）が五月五日の端午の節句に花菖蒲を軒に飾らないので、その訳を尋ねたところ、この地には花菖蒲がないと答えた。それなら『古今集』に、

陸奥の安積の沼の花かつみかつ見る人に恋ひやわたらむ（読人知らず）

という歌があることを示し、安積沼の「花かつみ」を軒に飾れといった故事によって知られた。

そこで芭蕉は、特に関心をいだき相楽等躬にその場所を尋ねたところ、「浅香山は日和田といふ駅を越えて、一里塚あたるみぎりにて侍る。あさかの沼はあやしげる田の溝などを今は申めるにぞ。いにしへ藤中将の伝へられし花かつみの草のゆかりも、いづれのなにとしる人侍らはず」（等躬編『葱摺』）と答えている。だが、等躬も「花かつみ」は、知らなかったようである。『おくのほそ道』に、

……かつみ刈比（かるころ）もやゝ近うなれば、いづれの草を花かつみとは云（いう）ぞと、人々に尋侍（はずねはべ）れども、更知人（さらにしる）なし。沼を尋、人にとひ、「かつみ〳〵」と尋ありきて、日は山の端にかゝりぬ。

と書いている。芭蕉の旅の目的の一つは「花かつみ」を見ることであった。だが、訪れた郡山では「花かつみ」について尋ねたが、誰も知らなかった。

花かつみに関連して整備された安積山公園

子規は、芭蕉が夢中になって探す「花かつみ」について、「花かつみは此の沼の名物にて浅からぬ浅香の沼の花かつみ契りこそ浅香の沼の花かつみなどさま〴〵に昔よりよみならはしたるは如何なる草なりけん覚束なし」と書いている。

俳人遠藤菓翁宅に一泊

宝沢池を安積沼と誤認したまま、郡山停車場へ戻る途次、子規は、

草負ふて背中に涼し朝の露

と詠んでいる。郡山停車場から東北線に乗って、本宮停車場で下車した。子規は、

本宮は数年前の洪水にていたく損害を蒙り今に猶昔の姿に回らずといふ。水の跡は門戸部などに残りて一間許りの上にあり。……

と記している。子規は洪水のため民家の門や塀に、高さ一間程の水の跡を見た。これは明治二十一年（一八八八）七月十五日、突然の磐梯山の大爆発によって阿武隈川が堰き止められた洪水の傷跡であろう。本宮の町並みに沿った奥州街道（陸羽街道、県道355線）を徒歩で二本松へ向かった。田舎道は山に沿って田圃に臨んだ静閑な地で、

水無月やこゝらあたりは鶯が

と詠んだ。そして、

とにかくに二百余年の昔芭蕉翁のさまよひしあと慕ひ行けばいづこか名所故跡（こせき）ならざらん。其の足は此（こ）の道を踏みけん其（その）目は此の景をもながめけんと思ふさへたゞ其の代の事のみしのばれて俤は眼の前に彷彿たり。

その人の足あとふめば風薫る

と記している。この年は二百年忌にあたる芭蕉の「おくのほそ道」の旅の跡を追い続けることにしたのである。「その人」は、無論芭蕉のことである。この句は、それほど人口に膾炙されていないが、子規の代表句の中の一句であろう。

子規は安達郡南杉田（二本松市東町）の遠藤菓翁（かおう）（久五郎）宅を訪ねた。菓翁は醸造業を営む旧家の主人で俳人であり、子規を歓待して部屋に迎え入れた。子規は菓翁の印象について、「氏は剛毅にして粗糲（それい）に失せず樸訥（ぼくとつ）にして識見あり。我（わ）れ十室（じゅうしつ）の邑（ゆう）に斯（か）人を得たり」と、先に会った二宗匠よりは古武士のような人物で、好意的な感触を得たようだ。

そして、対談中に雨が激しく降り始めたので、菓翁は「僻境何（へききょうなん）のもてなしも無し。一椀の飯半椀の汁漸く飢をさゝふるに足るのみ。されども蝿蚤（ようそう）の間に一夜を明かし給ふも亦一興ならん」と、勧められたので、子規は一泊した。「遠藤菓翁氏の家に宿りて」と詞書を付け、

夕立に宿をねだるや蔵の家

と詠んだ。子規は旧派宗匠らから得るものは絶無に近いと思い、菓翁との対談を最後にして、その後は宗匠訪問をとりやめにした。

なお、東北本線杉田駅から奥州街道を本宮駅の方へ戻り、杉田川に架かる杉田橋を渡ったすぐ右手の二本松市西町223の杉田住民センター前に、昭和二十七年九月に安達太良俳句会によって、子規五十一回忌を記念して建てられた、

短夜の雲収らず安達太良ね

と刻まれた句碑がある。揮毫は弟子の寒川鼠骨である。句碑はまったく粗末で、人目にはほとんど目立たない場所に立っている。

「短夜の……」の子規の句を刻んだ句碑

七月二十三日　二本松城下・黒塚を経て、満福寺で一泊

安達ヶ原鬼婆伝説の黒塚

ホトトギスが頻りに啼き、子規は早朝に起きた。そして、出立の際に主人菓翁は「奥の細道の跡を遊観せらるゝ子規君を宿して」と述べ、

草深き庵やよすがらほとゝぎす　菓翁

の句を贈った。これに対して子規は、

水無月をもてなされけり郭公

と応じ、一夜の宿を借りたお礼を述べて辞去した。

子規は奥州街道（県道355号線）を北上すると、まもなく二本松城下（二本松市）である。二本松の歴史は南北朝時代に始まり、興国二年（一三四一）に足利尊氏から奥州探題に任ぜられた畠山高国が安達郡田地ヶ岡（二本松市）に入って館を構えた。南朝方の諸勢力に備えて四代畠山満泰の時の応永二十年（一四一三）、白旗ヶ峰の頂に築城し、霧ヶ峰城（二本松城）と呼ばれ、畠山氏は代々「二本松殿」と称された。その後、十二代二百四十年間にわたって、この地方を統治した。十二代畠山義継

丹羽光重が築城した霞ヶ城（二本松城）跡

は天正十三年（一五八五）、伊達政宗の父輝宗を拉致したが、粟ノ須（二本松市沖2丁目）で追い付いた政宗によって、輝宗もろともに銃撃されて討死した。翌十四年七月、霧ヶ峰城は攻撃を受けて開城し、のち政宗の持城となった。

同十八年に豊臣秀吉は奥州仕置によって、霧ヶ峰城を政宗から取り上げ、会津城主蒲生氏郷に与えた。寛永四年（一六二七）に下野国烏山藩主松下重綱が五万石、翌五年に陸奥国三春藩主加藤明利が三万石、さらに同二十年に白河藩主丹羽光重が十万石で入封した。光重は幕府の許可を得て、正保三年（一六四六）から十年の歳月を費やして戦国的山城だった霧ヶ峰城を近世的に大改築した。霧ヶ峰城からさらに大きな霞ヶ城（二本松城）となった。城は奥州街道を望む山上と山麓を城地とし、整備された城下町は街道に沿って開かれた。

幕末には藩主丹羽長国が奥羽列藩同盟に加盟し、戊辰戦争の時に新政府軍と戦って破れ、二本松城は落城した。この時、藩内の少年で編成する二本松少年隊は、会津白虎隊とともに多くの戦死者を出した哀史で知られている。

子規は、炎天下の二本松城下の曲がりくねった道を歩きながら、

幾曲りまがりてあつし二本松

と詠んでいる。城下を通り抜けて、まもなく阿武隈川に架かる安達ヶ橋を渡れば、天台宗量教院真弓山観世寺（二本松市安達ヶ原）である。

山門をくぐって境内に入ると、正面は本堂で、参道の左側に鬼婆供養石がある。如意輪観音堂（円通閣）の背後に黒塚の岩屋があり、大きな岩石を乗って庇のような笠石が突き出ている。この巨岩を囲むように夜泣き石、祈り岩などがあり、笠石前の説明板には「奥州安達ヶ原鬼婆の住家　ここ安達ヶ原は元はうっそうとした荒莫たる原野で、ここに大きな奇岩怪岩が今日まで残っておりますが、この笠岩の所に仮のいおりを造って旅人を泊らせては秘かに妊婦の通るのを待っていた住家です。……」と書かれている。

山門を出て阿武隈川の土手の方へ行くと、大きな杉木立があり、その根元には「黒塚」の石標と、「黒塚　みちのくの安達ヶ原の黒塚に鬼こもれりと聞くはまことか　平兼盛」の歌碑が立っている。黒塚は『大和物語』では「むかし、陸奥の黒塚に住んでいた源兼信の娘に想を寄せた平兼盛が歌を贈ったが、父兼信は娘がまだ少女だからといって、返歌を断った。その後、娘が男と一緒に上京し

たことを噂で知った兼盛は、恨みの歌として『安達ヶ原の黒塚』の歌を贈ったが、娘から歌が送り返されてきた」という。いずれにしても「鬼」というのは「御尼」で、娘のことを戯れにいったに過ぎなかったのである。

だが、このような王朝文学の雅さは、謡曲「黒塚」（観世流では「安達原」）になると、旅人を喰い殺す奥州安達ヶ原の鬼婆の話に変わっている。謡曲「黒塚」の梗概を記すと、「奥州安達ヶ原で行き暮れた紀伊国那智の山伏東光坊祐慶（ゆうけい）の一行が一軒家の燈火をたよって宿を求めると、主の老婆はいったん断ったが、たっての願いに山伏らを泊めた。老婆は糸繰り車を回しながら定めなき身の上を愚痴り、世渡りの苦しさを歎いていたが、夜寒のもてなしに裏山に薪を拾いに出掛けた。この時、老婆は決して閨（ねや）の内を見ぬようにと念を押した。その言葉に疑いを持った能力（のうりき）は祐慶の目を盗んで閨を覗き込み、夥しい人間の死骸に驚いた。能力の報せを受けた山伏らは逃げ出すと、本性を現わした老婆が襲いかかってきた。祐慶は如意輪観

杉木立の根元に立つ「黒塚」の石標

世音菩薩に念じ、数珠をもんで一心に祈り、遂に鬼婆を調伏した」という。まさに妖気と怨霊の漂う凄味のある世界となっている。

子規はこの黒塚を見て、

黒塚や傘にむらがる夏の峰

木下闇あゝら涼しや恐ろしや

涼しさや聞けば昔は鬼の家

などと詠んでいる。

芭蕉は元禄二年（一六八九）五月一日、歌枕の地「黒塚」を訪れ、『おくのほそ道』に、「黒塚の岩屋一見し」と、恐ろしい伝説の地をそっけなく記しているので、期待していたほどの感動を得られなかったのだろう。そのうえ、一句も詠んでいない。

観世寺境内の鬼婆の棲んだ岩屋「笠石」の前に、昭和二十九年に建てられた子規の句碑があり、

黒塚にて　涼しさやきけば昔は鬼の家　規

と刻まれている。句碑の傍らに立つ説明板には「この句は明治二十六年夏　俳聖正岡子規が景勝の地、

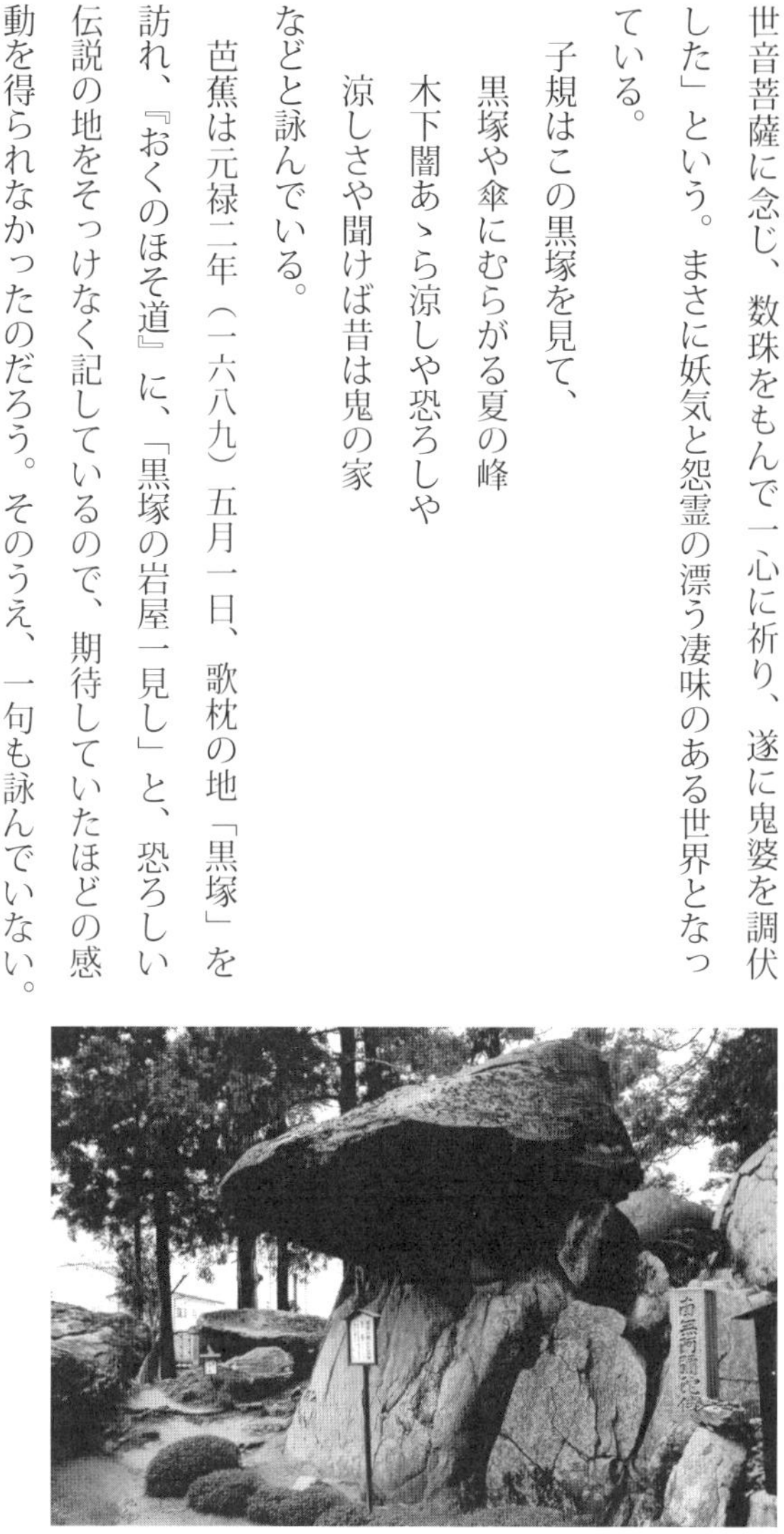

鬼婆の棲んだ岩屋「笠石」

安達ヶ原黒塚を訪れ、地元の歌人光枝翁の歌　黒塚の鬼の岩屋に苔むしぬ　しるしの杉や幾代へぬらむ　と書き有るを見て　その返歌として奉納されたものです」とある。

涼しい夜風を満喫して満福寺に一泊

黒塚を見物した後、子規は阿武隈川畔に七十歳くらいの老人が営む茶店に立ち寄って、茶を飲んだ。老人と話を交わすと、茶店は畳四、五枚の荒屋（あばらや）で、ある年の洪水で家を流され、その後、建て直した家も火事に遭ったという。「天を恨まず人を尤（とが）めず」に淡々として生きる姿に子規は感じ入った。

雨に朽ち嵐にやれし草の戸に君が心の涼しかりけり

の一首を認めた短冊を与えた。子規の優しい心遣いが表れている。茶店を出て、満福寺へ向かった。

……二本松を横ぎりて野に出（い）づれば畦道あちらこちらに別れて山にかゝるに何（いつ）れの道にかと問ふべき家もなし。坂一つこえて人に聞けばさては路に迷はれたり。寺は此（この）山の裏にぞあなる。いたゞきに見

鬼婆の棲んだ岩屋「笠石」前に立つ子規の句碑

ゆる高き松の下に樵夫の通ふべき路あればかしこより行き給へといふ。

と記している。茶店からどのような道を歩いたかははっきりしない。今では安達ヶ橋を渡って県道１２９号線に出て、彫刻家で詩人の高村光太郎の妻で画家の智恵子の実家（智恵子記念館）の角を左折し、整備された田舎道を進むと、正面に油井神社が建ち、その右側が満福寺（二本松市油井字飯出）である。子規は満福寺へ向かう途中の山道で、

　下闇にただ山百合の白さかな
　山寺の庫裏ものうしや蝿叩

などと詠んでいる。

　この寺は天台宗の飯出山満福寺といい、九世紀頃に慈覚大師円仁が建立開祖で、吉祥院と名づけられたという由緒がある。その後、約八百年前、鎌倉幕府を開いた源頼朝に追われて奥州平泉へ落ち延びようとした弟の義経と弁慶との主従は、この吉祥院に立ち寄って昼食を馳走になった。この時、弁慶がこの寺の山号はと尋ねたところ、住持は未だ山号はない

子規が一泊した満福寺本堂

と答えると、では昼食のお礼にと「飯出山吉祥院満腹寺」と名づけたといわれる。以後、このあたりは飯出という地名になった。

その二百年後、安達郡田地ヶ岡（二本松市）の畠山氏三代目の国詮（くにあきら）は祖父高国・父国氏の法要をこの満腹寺で催した際、鎌倉・腰越にある龍護山満福寺の高僧に読経を依頼したので、「満腹寺」を「満福寺」と改称されたという。

山上に建つ満福寺に、子規が立ち寄った経緯は明らかではない。子規が訪づれる数年前の火災で、六百年前に建てられた七堂伽藍が灰燼に帰したので、仮普請中であった。この寺で、

すゞしさや神と仏の隣同士

水飯や弁慶殿の喰ひ残し

などと詠み、住持と親しく対談を交わした。一泊を勧められた子規は、月明りの中で行水をすませ、庭前の縁台に腰掛けて夜風に涼んだ。

広しきに僧と二人の涼み哉

御仏に尻向け居れは月涼し

寺に寐る身の尊さよ涼しさよ

などを詠み、幽邃の趣に旅の疲れも忘れ、宿泊して風雅を楽しんだのである。

庫裏前に子規の句碑があり、碑面には寺蔵の子規自筆短冊を拡大写した、

　奥州行脚の時満福寺に一夜の宿を請ひて　寺に寐る身の尊さよ涼しさよ

が刻まれている。昭和三十七年十二月に建立。

庫裏前に立つ子規の句碑

七月二十四日　福島・信夫山で夜景を楽しむ

幽邃境の満福寺仮本堂で一夜を明かした子規は、疲れも癒された。満福寺の住持に別れを告げ、東北線二本松停車場まで歩き、福島停車場で下車した。俳句を嗜む小川太甫宅を宿泊所とした。

福島は平安末期、信夫庄司の佐藤基治の部将杉妻太郎行長が杉目大仏を安置した杉妻寺（杉妻城）を築いて支配していた。中世になると、この地は伊達氏の領地となり、杉目大仏とその堂宇があったことから大仏城とも呼ばれ、天正十八年（一九五〇）に豊臣秀吉の奥州仕置によって、信夫・伊達地方は会津城主蒲生氏郷の支配になった。そして、氏郷の客将で大森城（福島市大森）主木村吉清の居城となり、文禄元年（一九五二）に吉清は居城としてた大森城の造りを模倣して大改修し、福島城と改称した。

ついで、会津城主上杉景勝の支配下となったが、慶長五年（一六〇〇）九月、徳川家康と石田三成との天下分け目の関ヶ原の合戦（岐阜県不破郡関ヶ原町）の後、破れた石田方に加勢した上杉氏は米沢（山形県米沢市）へ転封となり、福島城代（十二万石）はそのまま置かれた。寛文四年（一六六四）には幕府領地となるが、延宝七年（一六七九）に大和国郡山藩から本多忠国が十五万石で入封し、福島藩が立藩した。以後、本多忠国が播磨国姫路藩へ移封すると、再び幕領となったが、出羽国山形藩主堀田正仲が十万石で入封し、のち養嗣子正虎が山形藩へ再転封となった。そして元禄十五年（一七〇二）に信濃国坂城藩から板倉重寛が三万石で入封し、十二代継承して明治維新を迎えた。

福島城（福島市杉妻町2丁目）は阿武隈川沿いに築城され、西から二の丸・本丸・三の丸と並び、広大な敷地を占めていたが、現在本丸跡は福島県庁となっている。福島城の面影はまったく残っていないが、県庁東側の紅葉山公園は往時の福島城庭園跡で、園内の板倉神社は藩主板倉氏歴代を祀っている。

芭蕉と曾良とは元禄二年（一六八九）五月一日早朝、郡山宿を出立して安達ヶ原・黒塚に立ち寄り、その後、奥州街道（県道114号線）を十二里程歩き、日没の少し前に福島に到着した。芭蕉らが泊まったのは城下の本町・中町あたりといわれるが、福島は活況を呈していたので、郡山の宿と比べ「宿キレイ也」と、曾良の『随行日記』に書かれている。

城下の北側に連なる丘陵が信夫山（標高216メートル）で、

阿武隈川沿いの福島城庭園跡に建つ板倉神社

古くは青葉山と呼ばれ、古来信仰の山でもあった。福島の地を支配した伊達・上杉・堀田・板倉各氏らも篤く信仰・保護し、伊達政宗は信夫山の羽黒神社の別当寂光寺を仙台に移したほどである。

子規は夕食後、名所の信夫山を目指して散策に出掛けた。畦道づたいに歩くと、青田を伝わる夜風は涼しく、

笛の音の涼しう更くる野道かな

と詠み、山麓の公園に辿り着いた。夜の公園は誰一人いず、

公園に旅人ひとり涼みけり

の情況であった。さらに信夫山に登り、十二夜の月に照らされた眼下の福島市街を見て、

見下ろせば月にすゝしや四千軒

と詠み、福島の夜景を楽しんだ。信夫山公園の護国神社そばに見晴らし台があり、このあたりからの眺望なのか。

文知摺石へ向かう途中から望む信夫山全景

七月二十五日　文知摺石から飯坂温泉へ

信夫の里の文知摺石

子規は、芭蕉もわざわざ訪ねたという文知摺石（福島市山口寺前5）を見物しようと足を延ばした。信夫山麓の奥州街道（国道4号線）を進み、途中、岩谷下の三叉路を岐れて中村街道（国道115号線）を進んで阿武隈川を渡れば、文知摺観音堂（安洞院の管理）である。子規は、

……町より一里半許り大道の窮まる処山麓の木立甍を漏らすはこれ葱摺の観音なり。正面桜樹高く植ゑたる下に蕉翁葱摺の句を刻みたる碑あり。其後に柵もて囲みたる高さ一間広さ三坪程に現れ出でたる大石こそ葱摺の名残となん聞えけれ。

と、文知摺観音堂の実景を記している。そして、この日は朝から暑さが烈しい中を、わざわざ文知摺石を見物に来た子規は、

文知摺観音堂

涼しさの昔をかたれ葱摺
うつぶけに涼し河原の左大臣
葱摺我旅衣汗くさし

などと詠むのが精一杯であった。

芭蕉と文知摺石

元禄二年（一六八九）五月二日、芭蕉と曾良とがわざわざ訪れたのは「信夫の里」が有名な歌枕の地であり、ここに「文知摺石」があったからである。『おくのほそ道』に、

あくれば、しのぶもち摺の石を尋て、忍ぶのさと（里）に行。遙山陰の小里に石半土に埋てあり。里の童部の来たりて教ける、「昔は此山の上に侍しを、往来の人の麦草をあらして、此石を試侍をにくみて、此谷につき落せば、石の面下ざまにふしたり」と云。さもあるべき事にや

早苗とる手もとや昔しのぶ摺

と記している。この信夫の文知摺石を訪ね、村の乙女らが素早く器用に田植えをしているのをみていると、もしこれが昔であったら、あのような手つきでこの石に草を摺り付けて、着物の模様などに付けたことであろう、と詠んでいる。

この「しのぶもぢ摺」は、陸奥国信夫郡の名産であったらしいが、その実体は不明確であった。し

かし、それは布を模様のある石（黒雲母角閃石花崗岩）の上に当てて、山藍・紫、特に忍ぶ草の葉や茎の緑のままを布に摺り込んで染めたため、捩（もじ）（ねじ）り乱れたもので、「捩摺（もじずり）」といった。「文知摺」（文字摺）は、単なる当て字に過ぎないという。この捩摺模様が洒落た柄に染めあげた反物は、当時、公家の狩衣（かりぎぬ）などに珍重されたのである。

　また、この文知摺石には伝説がある。貞観年間（八五九～八七七）、陸奥国按察使（あぜち）（地方行政の監督官）源融（とおる）（のちの河原左大臣）が、このあたりを巡回中に文知摺石を見ようと山口の里を訪れ、そこで美しい長者の娘虎女（とらじょ）と出会った。たちまち二人は恋仲となり、融は此の地に一カ月余も滞留した。やがて融を迎える使者が都からやって来たので、融は初めて身分を明かし、再会を誓って帰京した。

　だが、帰京後は何の音沙汰もなく、再会を待ち侘びた虎女は文知摺観音に百日詣りの願かけをし、満願の日になっても、都からは何の便りもなかった。嘆き悲しんだ虎女は、ふと麦の穂先で石の面をこすると、恋しい融の面影が一瞬浮かんで見えた。

文知摺石（鏡石）

その後、虎女が病床に臥したのを知った融は、

みちのくの忍ぶもぢずり誰ゆえに乱れむと思ふ我ならなくに（『古今集』恋四）

の歌を送ったが、虎女はこの歌を抱き締めながら短い生涯を終えたという。このため、文知摺石は別名を「鏡石」といわれた。

芭蕉はこの伝説を踏まえて、文知摺石を見物に来たのであろう。だが、この石の評判を聞き恋人の面影を映し出したいと願う男女が集まり、そこで麦畑を荒らされた農夫が怒って、この石を突き落としたのだという子供の話に、「さもあるべき事にや」と記している。芭蕉の本心は「しのぶもぢ摺」への憧れと、すでに摺り染めが行なわれなくなっていることを知った時の落胆ぶりを伺うことができる。

現在、境内は信夫文知摺公園となり、入口に芭蕉像が立ち、境内に入ると高さ2メートル、幅3メートル程の文知摺石が柵に囲まれている。文知摺石手前の小高い塚の上に、「蕉翁葱摺の句を刻みたる碑」と記された芭蕉句碑があり、碑面に、

早苗とる手もとや昔しのぶ摺（ずり）　芭蕉翁

と縦三行に刻まれている。裏面には「寛政六載甲寅夏五月　洛丈左房建之」とある。一七九四年五月に京都在住の丈左房という俳人が建てたものである。

文知摺石の背後の道を登って行くと、左方高台に虎女が百日詣りの願かけをした観音堂がある。宝永六年（一七〇九）に再建されたもので、本尊は行基作と伝えられる聖観世音像である。堂の右手に画家で俳人の小川芋銭の「若緑志のぶの丘に上り見れば人肌石は雨にぬれいつ」の歌碑、左手に源融・河原左大臣の「陸奥の忍ぶもぢ摺誰故に乱れむと思ふ我ならなくに」の歌碑が立っている。傍らに元禄九年（一六九六）、福島藩主堀田正虎（まさとら）の建てた「毛知須利碑」がある。碑面に「陸奥国信夫郡毛知摺石、始メテ其ノ名ヲ称セシハ何時ナルカヲ知ラズ。其ノ説亦未ダ（またいま）詳（つまびらか）ナラザルナリ、唯（ただ）、万世ノ後、人其レ斯ノ石ヲ知ラザランコトヲ恐ル。故（ゆえ）ニ碑ニ表ハシ、碑ヲ石ノ傍ニ立ツト云フ（原漢文）」と刻まれている。正虎は「しのぶもぢ摺り」と文知摺石（鏡石）との関係について釈然としなかったことが、この碑文で伺うことができる。

境内奥の放生池のそばに、子規が詠んだ、

小高い塚の上に立つ芭蕉句碑

葱摺の古跡にて　涼しさの昔をかたれしのぶずり　　子規

の句碑があり、昭和十二年十一月に建立された。碑陰には寒川鼠骨の撰書があり、「俳聖子規居士明治二十六年癸巳孟夏　蕉翁奥の細道ノ蹤ヲ尋討シ、途次斯ノ地ニ詣デシ事はてしらずの記ニ詳カナリ、今茲皇紀二千六百年九月（中略）子規追遠会ヲ結集シ、協力建碑シ、東京子規庵所蔵ノ居士真蹟寒山落木中ノ詠ヲ写拡シテ刻ミ、併セテ其ノ事ヲ記シ以テ其ノ院ニ蔵ス。句ヲ以テ銘ニ代エテ曰ク、石深くしみこむすゞし御声かも　寒川鼠骨」と刻まれている（原漢文）。

また、阿武隈川に架かる文知摺橋の岡部（東側）側の欄干に、

涼しさの昔をかたれしのぶずり　　子規

と句が刻まれている。欄干の下を阿武隈川の清流が流れ、北西の遠方になだらかな山々が望まれる。

飯坂温泉の医王寺

文知摺観音堂から福島停車場までの帰路は「殆ど炎熱に堪へず」という暑さであった。そこで、子規は福島停車場から人力車に乗って飯坂温泉（福島市飯坂町）へ向かった。子規は、

天稍ゝ(やや)曇りて野風(のかぜ)衣を吹く。涼極つて冷。肌膚(はだえ)粟を生ず。湯あみせんとて立ち出れば雨はら〳〵と降り出でたり。湯場は二箇所あり雑沓芋を洗ふに異ならず。

夕立や人声こもる温泉(ゆ)の煙

と記している。堪えきれない程の暑さから、一転して鳥肌の立つような寒さとなった。そのうえ雨が降り出して、やっと辿り着いた共同浴場（鯖湖（さばこ）湯か、透達（とうだ）湯か）は、芋を洗うような混雑であった。

この日、子規は文知摺観音堂から飯坂温泉まで移動したが、あまりの暑さのため体調を崩したのか。筆まめの子規であったが、ほとんど書いていない。

芭蕉と医王寺

一方、芭蕉は元禄二年（一六八九）五月二日、信夫の里山口の文知摺石を見物後、信夫庄司佐藤基治（もとはる）とその子継信（つぐのぶ）・忠信（ただのぶ）の旧跡を訪ねるため、医王寺（福島市飯坂町大字平野）へ向かった。『おくのほそ道』に、

> 月の輪のわたしを越て、瀬の上と云宿（いうしゅく）に出づ。佐藤庄司が旧跡は、左の山際一里半計（ばかり）に有。飯塚の里鯖野（さばの）と聞て尋（たづね）〳〵行に、丸山と云に尋あたる。是（これ）庄司が旧館也。麓に大手の跡など、人の教ゆ（ふ）

境内奥の放生池そばに立つ子規の句碑

るにまかせて泪を落し、又かたはらの古寺に一家の石碑を残す。中にも二人の嫁がしるし、先哀也（まづあわれ）。女なれどもかひ〴〵しき名の世に聞えつる物（もの）かなと袂をぬらしぬ。堕涙（だるい）の石碑も遠きにあらず。寺に入て茶を乞へば、爰（ここ）に義経の太刀・弁慶が笈（おい）をとゞめて什物（じゅうぶつ）とす。

　　笈も太刀も五月にかざれ帋幟（かみのぼり）

と記している。芭蕉は丸山（大鳥城）から医王寺に行ったように記しているが、曾良の『随行日記』では順序が逆で、最初に医王寺の佐藤一族の墓所を訪ねている。

　医王寺は、正式には真言宗豊山派の瑠璃光山（るりこうざん）医王寺といい、縁起によると、天長三年（八二六）、弘法大師空海によって創建され、大師作と伝えられる薬師如来像を本尊としている。往昔、この地を「鯖野（さばの）」と呼び、この地に祀った薬師如来像は「鯖野の薬師」といわれ、近在の人々から厚く信仰されていたという。本尊を安置する薬師堂は、医王寺山門から入り、本堂脇の杉木立の道を進んだ正面に建っている。

　承安年間（一一七一〜一一七五）、仏教の信仰篤かった信夫（しのぶ）庄

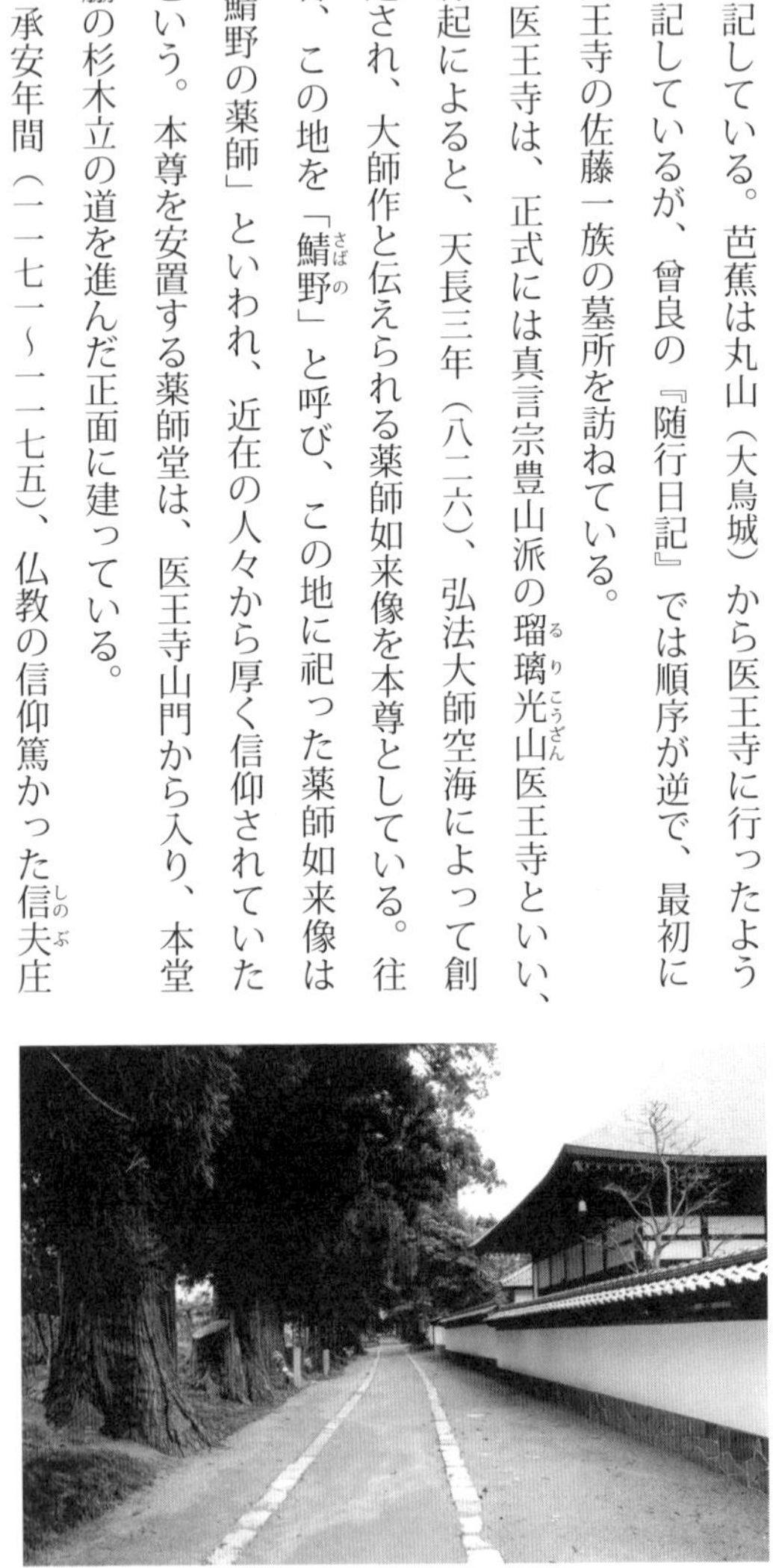

医王寺の杉並木

司（湯庄司）佐藤基治が堂塔伽藍を改築し、一族の菩提寺として中興したという。当時、信夫地方を支配していた佐藤氏は、奥州平泉の藤原氏とは藤原秀郷（ひでさと）の末裔という点で同族であり、代々左衛門尉（宮中警護の役職）に任ぜられていたため、左衛門尉藤原を略して佐藤氏を名乗ったとされている。その佐藤氏は信夫庄司となり、平泉藤原氏の権勢が強大化すると、保元二年（一一五七）、藤原秀衡は佐藤基治に大鳥城を築かせ、陸奥国南部の広域を統括させた。この城は西に連なる尾根を切断して空隍（からぼり）として土塁を築き、山腹に清水井戸を掘って構築された典型的な山城である。この居館に陸奥の旅の途次、親族の西行法師が訪れた時には〝小平泉〟の観を呈し、賑わいを見せていたという。

源頼朝が治承四年（一一八〇）八月、平家追討の旗挙げをした時、平泉の藤原秀衡の許にいた源義経は兄頼朝を援けるため鎌倉へ向かう途次、大鳥城に立ち寄った。この時、城主基治は継信・忠信の二人の息子を従わせる約束をし、義経に目的を果たした時には必ず息子を返してくれるように頼んだ。

継信は常に義経の護衛にあたり、弟忠信と鎌田盛政・光政兄弟とともに義経の四天王の一人に数えられた。平家追討に従事し、戦功を樹てて兵衛尉（ひょうえのじょう）に任ぜられたが、文治元年（一一八五）二月十九日、屋島の戦いの時に平家方の猛将平教盛（のりもり）が義経に迫って強弓を番（つが）えた時、継信は急遽矢面に立ち塞がって義経を助け、身代わりに戦死を遂げた。この時、弟忠信は迫り来る敵を払い除けて、兄継信を背負って帰陣、義経はその忠節を激賞した。

また、弟忠信も義経に従って四天王の一人となり、平家追討の時に戦功を樹て、兵衛尉に任ぜられた。合戦終了後、忠信は義経が兄頼朝と不和となり、文治元年十月十七日、頼朝の差し向けた刺客土佐坊昌俊が義経を堀河第に夜襲した時には奮戦して、これを撃退した。翌十一月、義経は京都を脱出して吉野山へ逃れた時に従い、山僧横川覚範らの襲撃を受けた。この時、忠信は義経が自裁しようとするのを諫止し、義経の名を名乗って山僧らと戦って、義経を遁した。のち京都に潜伏して義経警護に尽したが、頼朝方に発見されて文治二年九月二十二日、四条室町第で討手の糟屋有季らと戦って、遂に自害した。

医王寺山門をくぐって白壁と樹齢数百年の杉並木の参道を進むと、正面に薬師堂がある。堂の背後には東面して基治・乙和姫夫婦の墓、その右向かいに南面して継信・忠信兄弟の大きな墓、また後方には佐藤一族十八将の墓がある。だが『おくのほそ道』に「二人の嫁がしるし」と記された継信・忠信の妻女の墓は残念ながらない。

鯖野薬師堂と背後に立ち並ぶ佐藤一族の墓

境内に入った本堂の左側手前に、

笈も太刀も五月にかざれ紙幟　　芭蕉

と刻まれた自然石の芭蕉句碑があり、寛政十二年（一八〇〇）十月に建てられたものである。曾良の『随行日記』によれば、実際に医王寺には立ち寄っていないが、寺僧か里人に教えられて、「寺ニハ判官殿笈・弁慶書シ経ナド有由」と記している。だが、芭蕉は『おくのほそ道』には「寺に入て茶を乞へば、爰に義経の太刀・弁慶が笈をとゞめて什物とす」と記している。判官贔屓の芭蕉としては、太刀をつけ加えなければ気が済まなかったのであろう。

医王寺の薬師堂裏にある佐藤一族の墓に参詣した芭蕉は、医王寺本堂に立ち寄らずに大鳥城跡（福島市飯坂町館山）のある館山（標高230メートル）に登った。

大鳥城は十二世紀後半、佐藤基治に築城させたと伝えられ、この時、本丸に鶴を埋めて守護神としたため大鳥城と称したという。

医王寺本堂の左側手前に立つ芭蕉の句碑

『吾妻鏡』によると、文治五年（一一八九）八月八日、佐藤基治は一族とともに源頼朝方の軍勢と石那坂（福島市平石）の戦いで敗れ、その首級は阿津賀志山経ケ岡に曝された（のち赦されたと伝えられている）。五日後の八月十三日、大鳥城は頼朝方の大軍に包囲されて、ついに落城したという。

佐藤一族は源義経や奥州平泉の藤原氏に対して、最後まで忠誠を尽し、源頼朝と戦い、悲運の道へと落ちていったことは確かである。この城跡を訪れた芭蕉は感慨ひとしおで、「泪を落し」ながら見て歩いたと記しており、まさに〈夏草や兵どもが夢の跡〉の平泉での心境を、この大鳥城でも十分に味わったことであろう。

山頂一帯は、現在では大鳥城跡公園（別名は館ノ山公園）となっており、本丸跡に佐藤基治と継信・忠信父子を祭神とする大鳥神社、その傍らには『新平家物語』で義経と継信・忠信兄弟のことを描写した吉川英治撰文の「大鳥城跡」の大きな碑が立っている。

この夜、芭蕉は飯坂温泉に泊まったが、大変みすぼらしい宿だったらしく、『おくのほそ道』に、

　其夜飯塚（坂・筆者注）にとまる。温泉あれば、湯に入りて宿をかるに、土坐(座)に莚(むしろ)を敷て、あやしき貧家也。灯もなければ、ゐろりの火(ほ)かげに寝所をまうけて臥す。夜に入て、雷鳴雨しきりに降て、臥る上よりもり、蚤・蚊にせゝられて眠らず。持病さへおこりて、消入計になん。短夜(みじかよ)の空もやう〱明れば、又旅立ぬ。

と記し、芭蕉は持病の疝気（せんき）に苦しんだ最悪な一夜であったようだ。だが、曾良の『随行日記』には「夕方ヨリ雨降、夜二入、強」と記しているのみで、夜になって雨が激しく降ったことは事実で、芭蕉が持病の疝気で苦しんだことは読みとれない。芭蕉にとって、飯坂温泉での一夜は本当に苦痛だったのか、実際のところは解らない。

温泉街の中心にある共同浴場の鯖湖湯（さばこのゆ）の歴史は古く、日本武尊が東征の折に病に倒れ、この湯で治療したという伝説がある。飯坂元湯といわれ、古くから湯治場として親しまれ、鯖湖の名は『拾遺集』所載の歌に、

あかずして別れし人のすむ里は左波子の見ゆる山のあなたか（読人知らず）

とあり、「左波子」が転じたものという。

共同浴場の鯖湖湯は平成五年十二月に改築され、曲線の美しさを生かした銅版屋敷に蒸籠と天窓の付いた木造りの外壁は、明治時代の建物の再現で、飯坂温泉のシンボルである。鯖湖湯の隣には鯖湖

大鳥城本丸跡（左の碑は佐藤基治供養碑）

神社があり、境内に平成二十一年五月に湯沢町内会・鯖湖神社奉賛会の手によって建てられた子規の句碑があり、

夕立や人声こもる温泉のけむり

と刻まれ、また明治四十四年八月、飯坂温泉を訪れた与謝野晶子が詠んだ、

わがひたる寒水石の湯槽しの月のさしつる飯坂の里　　与謝野晶子

が併刻されている。

共同浴場の鯖湖湯と子規の句碑

七月二十六日　飯坂温泉街の散策

この日、朝から小雨が降っていた。子規は疲労を癒やすため、もう一日飯坂温泉に滞在することにし、温泉街の散策に出掛けた。旅館を出て温泉街を下って行くと、10メートル程の下に摺上川（するかみがわ）が流れ、飯坂と湯野との村境となっている。摺上川に架かる十綱（とつな）橋があり、

……こゝにかけたる橋を十綱橋と名づけて昔は綱を繰りて人を渡すこと籠の渡しの如くなりけん。

と記している。昔は綱を両岸にはり渡し、舟は綱をたぐって人を渡したという。明治五年（一八七二）に木材と鉄骨を使った橋であったが、一年足らずで堕ちたので、改めて西洋風な鉄の吊橋に架け替えられた。往昔に思いを馳せて、

みちのくのとつなの橋にくる綱のたえずも人にいひわたるかな　（藤原親隆）

という『千載集』の古歌を口ずさんだ。そして子規自身も、

釣り橋に乱れ涼し雨のあし

という句を詠んだ。飯坂側から摺上川の対岸の湯野側の絶壁に建ち並ぶ三層楼の間から一条の滝が走り落ちる奇景を眺めて、

涼しさや滝ほとばしる家のあひ

と風景そのままの句を詠んだ。このあたりに居ると、冷気が単衣物を通して肌に感じた。

散策後、子規は旅館に戻って、疲れて昼寝をし、夢の中で一句を得たのが、

涼しさや羽生えそうな腋の下

である。飛ぶ夢を見たのだろうか、何んだかかわいらしく、自らもおかしいといっている。

子規は旅館の下働きをしている平蔵という十六、七歳の若者を話し相手に世間話を楽しんだ。平蔵は新潟県の生まれで、早くから故郷を離れ、諸国を流浪して、今はこの地で働いているが、将来はアメリカに渡ってみたいという、堅い決意を抱いていた。そして、どのようにしてアメリカに渡ることができるかと、子規に尋ねた。子規は歳若い平蔵の大きな志に感心し、「飯坂温泉にて十六七の小者来りて頻りに米国の事など聞くわけを正せば渡航の志ありといふ僻地に似合はぬ志をめでゝ話しなどするついでに其名をとへば平蔵となん答へける」と詞書を

摺上川の十綱の渡しの跡（左は十綱橋）

付けて、

平蔵にあめりか語る涼みかな

と戯れに詠んでいる。江戸時代の俳人の足跡をたどる子規が、国内はもとよりアメリカに行きたいという少年と出会ったエピソードを描いている。

また、子規は奥州地方の生活ぶりを観察して、

此処に限らず奥州地方は賤民普通に胡瓜を生にてかじる事恰も真桑瓜を食ふが如し。其他一般に客を饗するに茶を煎ずれば茶菓子の代りに糠漬の香の物を出だすなど其質素なること総て都人士の知らざる所なり。

と記している。子規は奥州地方は貧しく質素な生活だといっているが、果たしてそうだろうか、食文化の違いではないだろうか。

子規は「当地は佐藤継信等の故郷にして其居城の跡は温泉より東半里許りに在り。医王寺といふ寺に義経弁慶の太刀笈などを蔵すといふ。故に此地の商家多くは佐藤姓を名のると見えたり。……」と記している。だが、子規は体調がすぐれずに医王寺を訪ねることを断念している。

明日は土用の丑の日であり、温泉郷には近在の村々から来る浴客で、夜に入って賑わった。

七月二十七日　松原寺・伊達の大木戸跡・藤中将実方の墓所

西行ゆかりの松原寺

この日、朝から曇天で、風はなお冷たかった。子規は一昨日から疲労のためか気分がすぐれず、人力車に乗って桑折停車場へ向かって出立した。温泉街から摺上川に架かる十綱橋を渡り、県道124号線を東方へ進むと、途中左側の山麓に曹洞宗の松原寺（伊達郡桑折町松原）がある。ここが葛の松原で、

世の中の人には葛の松原と呼ばるる名こそ喜しかりけれ　（覚英僧都）

と詠まれた所である。県道から急坂を登った松原寺境内の観音堂脇に、福島藩六代藩主板倉勝行の重臣河原英機が、学僧・歌人覚英の事蹟が絶えることを憂いて、明和五年（一七六八）に葛の松原碑を建立した。碑文には、

世の中の人には葛の松原と呼ばるる名こそ喜しかりけれ　（覚英僧都）

なき跡も名こそ朽せぬ世々かけて忍ぶむかしの葛の松原　（河原英機）

の二首が刻まれている。さらに享和元年（一八〇一）に白河藩三代藩主松平定信は、

雨もよし雨なきときは月を見るこころになにかくずの松原

と詠み、覚英の生き方に感銘している。

僧覚英（関白藤原師通の四子）は、奈良興福寺で叔父覚信僧正に師事し、若くして権少僧都に昇任したが、法義を論弁することの無益有害であることを悟り、飄然と全国行脚の旅に出た。そして、行脚の末にこの地を仏法有縁の地と定めて庵を結んだ。和歌に優れ、ここで生涯を送り、保元二年（一一五七）二月十七日、四十一歳で入寂した所である。翌三年に奥州遊行中の西行法師

松原寺本堂

葛の松原碑

は覚英を偲んでこの庵を訪ね、柱に書かれた辞世を見たと伝えられている。観音堂の傍らに覚英の墓がある。

松原寺下の街道沿いに建つ一軒の茶屋「中の茶屋」があり、体調を崩した子規はこの茶屋で休息した。子規は、

故ありてこゝの掛茶屋に一時間許り休らひたり。野面より吹き来る風寒うして病躯堪へ難きに余りの顔の色あしかりしかば茶屋の婆々殿にいたはられなどす。強ひて病に非ずとあらがへば側に在りし嫁のほゝ笑みて都の人は色の白きに我等は土地の百姓のみ見慣れたれば斯くは煩ひ給へるにやと覚ゆるもよしなしやなど取りなしたるむくつけき田舎なまりも中々に興あり。

と記している。茶屋のお婆さんやお嫁さんから顔色の悪さを心配され、地元の言葉（福島弁）で声を掛けられた。すると、子規は無骨な田舎なまりの方言に親しみを寄せている。そして「葛の松原に煩ひて」と詞書を付け、

人屑の身は死もせで夏寒し

と詠んだ。病身の自分は、すでにこの世では用なき者と思い定めたのである。

この茶屋は、現在も「中の茶屋花蝶」（伊達郡桑折町松原下舘）として、当時の茶屋の経営者の後裔が営業しており、店前に「人屑の……」と刻まれた句碑が立っている。

一方、元禄二年（一六八九）五月三日、芭蕉と曾良とは飯坂温泉を出立して桑折へ向かった。『おくのほそ道』に「……猶夜の余波、必すゝまず。馬かりて桑折の駅に出る」と記し、芭蕉は昨夜から持病（疝気か）に苦しみ気分がすぐれなかったという。だが、曾良の『随行日記』には芭蕉の体調不良について、まったく記されていない。また「馬かりて」とあるが、事実ではない。

芭蕉は西行法師を心から敬慕していたが、西行ゆかりの「葛の松原」について、一言も触れていない。果たして気分がすぐれなかったのか、それとも知らなかったのか、芭蕉は立ち寄っていない。

中の茶屋花蝶前に立つ子規の句碑

信夫庄司佐藤一族の運命を決した伊達の大木戸跡

子規は桑折停車場から東北線に乗ると、すぐに「伊達の大木戸は夢の間に過ぎて岩沼に下る」と記し、また曾良は『随行日記』に「……桑折トかいた（貝田）の間に伊達ノ大木戸ノ場所有（国見峠ト云山有）」

と記している。伊達の大木戸とは、厚樫山（国見峠・標高289メートル）中腹からの防塁跡をさしているらしい。この防塁は文治五年（一一八九）、奥州合戦の時に奥州平泉の藤原泰衡が異母兄西木戸太郎国衡に命じて、源頼朝率いる鎌倉幕府軍を迎撃するために築いたもので、地元では二重隍（にじゅうこう、昭和五十六年、阿津賀志山防塁として国史跡に指定）といわれている。

阿津賀志山防塁跡（国見町西大枝）

この地は梁川・国見両町の境で、弁天山（標高287メートル）と厚樫山との間を通らざるを得ない地形であり、泰衡はこの地に本隊二万余の軍勢で固め、幕府軍を迎え撃つのに最適の地と考えたのだろう。そこで厚樫山中腹から南下して阿武隈川あたりまで3キロ程にわたって、三重の土塁と二重の空堀を造った。泰衡軍の最大の防御陣地であり、このあたり一帯が文治五年八月八日から十日までの三日間にわたって激戦死闘（阿津賀志山の戦い）を繰り返した。だが、畠山重忠が引き連れてきた軍夫が、この空堀を土砂で埋めて機能を不能にしたため、泰衡軍は一敗地にまみれ、総崩れとなり大将国衡以下は潰走した。この結果、平泉は八月二十一日、幕府軍の攻撃を受けて灰燼に帰して、奥州平泉の藤原氏は滅亡した。

　ここでの戦いは、信夫庄司佐藤基治一族の運命を決したものでもあった。『吾妻鏡』には、基治は八月八日、石那坂（いしなざか）の戦いで戦死し、その首級は阿津賀志山経ヶ岡に曝されたとあるが、二カ月後に囚人佐藤基治らは赦免されたともある。どちらが真実か不明である。

　子規は伊達の大木戸に関して何の記述もないが、芭蕉は『おくのほそ道』で、

　……遙なる行末をかゝえ（へ）て、斯る病覚束なしといへど、羇旅（きりょ）辺土の行脚、捨身無常の観念、道路にしなん、是天の命なりと、気力聊（いささか）とり直し、路縦横に踏で伊達も大木戸をこす。

と記している。芭蕉は奥州平泉の藤原氏が惨敗した古戦場である国見峠を越える時、昨夜の苦しみが残って歩く気分ではなかったが、ここで急に奮い立って、叱咤激励して難所の国見峠で「路縦横に踏で」越したのである。

武隈の松と竹駒神社

　子規は東北線に乗って、一気に岩沼停車場（宮城県岩沼市）で下車したが、まだ気分が晴れず、昼食もとることができなかった。岩沼は古代から交通の要衝として発達し、「武隈（たけくま）の里」とも呼ばれて、都人にも知られていた。中世の頃、岩沼城（現・JR岩沼駅の西側一帯）が築かれ、戦国期には留守（るす）氏・大崎氏を経て伊達氏の支配となった。江戸期には岩沼城は岩沼館と呼ばれ、万治三年（一六六〇）

に田村宗良が三万を分与され、岩沼藩を立藩した。だが、天和二年（一六八二）に田村建顕が一関藩へ転封後、古内氏が領主となって明治維新を迎えた。子規は、この地に歌枕として知られる「武隈（たけくま）の松」があると聞いたが、見物には行かなかった。

この松は宮内卿藤原元良（もとよし）（善）が陸奥守に就任した際、館の前に初めて植えた松であったが、野火によって焼け、源満仲が陸奥守になった時に植えかえた。その後、また失せてしまったので、橘道貞が陸奥守に就いたとき、さらに植えた松だという。この武隈の松は陸奥の歌枕の中でも、その詠歌の多いことでは屈指の名松となり、能因法師・西行法師を初め、多くの歌人に詠まれるようになった。

亭々と聳える武隈の松（二本の松）

市街のほぼ中心地に、平成元年おくのほそ道紀行三百年を記念して、「二本の松史跡公園」（岩沼市二木二丁目）が整備された。公園の傍らの道路に面して、武隈の松が亭々と聳えている。現在の松は七代目で、文久二年（一八六二）に植えられたものである。この松の傍らに「二木松碑」と題して、

宇恵し登きち起里やしけ舞多計久満の松をふたたびあ飛見つ留嘉那　藤原元良（後撰和歌集）

堂希九万の松ハ二木越美屋古人い可ゞと問ハゞみ起とこたへ舞　橘季通（後拾遺集）

の二首を万葉仮名で刻んだ歌碑が立っている。和風造りの門をくぐって園内に入ると、蒲鉾形の自然石の中央に色紙形の黒御影石に、

桜より松は二木を三月越し　芭蕉

と芭蕉の句が刻まれている。芭蕉は元禄二年（一六八九）五月四日、武隈の松を訪ねた。江戸を出立する時、〈武隈の松見せ申せ遅桜〉と門弟草壁挙白から贈られた餞別の句に対し、この松を見て、感謝の意を込めて詠んだ一句である。

また、日本三大稲荷の一つとして、食稲魂神・保食神・稚産霊神の三柱の神々を祀る竹駒神社（岩沼市稲荷町）があり、境内北東隅の朱塗りの二の鳥居脇に、二木塚といわれる芭蕉の句碑が立っている。細長い

二本の松史跡公園内に立つ芭蕉の句碑

自然石に、

　芭蕉翁　さくらより松は二木を三月越し

と刻まれ、その左側面に「当社より二木の松へ二丁余」とあり、道標も兼ねている。この句碑は寛政五年（一七九三）の芭蕉百回忌に、東龍斎謙阿が建てたという。

歌人藤原実方の墓所を訪ねる

子規は武隈の松の見物をしなかったが、平安中期の歌人藤原左近中将実方（さねかた）の墓所を訪ねようと、地図を見ながら笠島の方へ向かった。そして、

　巡査一人草鞋にて後より追付かれたり。中将の墓はと尋ぬれば我に跟（つ）きて来よといふ。道々いたはられながら珍しき話など聞けば病苦も忘れ一里余の道はかどりて其笠嶋の仮住居にしばし憩ふ。地図を開きて道程細かに教へらる。いと親切の人なり。

と記している。

子規庵所蔵の『はて知らずの記』〈草稿〉には「岩沼の町はずれに人力車夫の話を聞きいれて地図を按して左の方横道に入る」と記し、子規はここで携行した地図を開き横道に入って、笠島を目指した。現在、笠島へ通ずる旧東（あずま）街道（県道39号線）は整備されて、往事の面影はない。途中、追いついてきた巡査は、笠島駐在所の巡査で一里半の道々を、体調のすぐれない一人旅の子規を面白おかしく

慰めてくれたという。そして、子規はしばらく駐在所で休憩させてもらい、実方の墓所への道順を丁寧に教えてもらった。子規にとっては、本当に親切な巡査であった。

藤原左中将実方は小一条左大臣藤原師尹（もろただ）の孫、侍従定時の子として生まれた。父定時が若くして没したので、伯父小一条大将藤原済時の養子となった。公卿中のエリートで、第六十五代花山・第六十六代一条両天皇の寵愛を受けて、常に御前に侍って折々の歌を詠進するなど、歌人としても優れており、その将来は有望視されていた。正暦二年（九九一）に右近衛中将、同五年には左近衛中将に任ぜられたので、藤原姓を略して藤中将と称された。

だが、実方は惜しいことに驕慢で直情径行的なところがあったとみえ、長徳元年（九九五）、権大納言藤原行成（ゆきなり）（書家の大家・小野道風・藤原佐理とともに三蹟の一人）と殿上で口論となり、カッとなって行成の冠（かんむり）を笏（しゃく）で打ち落とした。運悪くこれを一条天皇が見ており、行成が蔵人頭に補せられたのに対し、実方は「歌枕を見て参れ」と陸奥守に任ぜられた。世間では、これを譴責処分または左遷とみた。『源平盛衰記』（巻七）「日本国広く狭き事」には「歌枕注して進ぜよとて、東の国へぞ流されける」と、あたかも流罪されたかのように記述されている。「歌枕を見て参れ」とは、陸奥へ行って歌枕の旧跡を訪ねれば、少しは風流も理解するだろう、という意味であった。

陸奥に三年間も在任したが、帰任が許されなかった実方は、なかば自棄の毎日であったところ、長徳四年（九九八）十二月、出羽国阿古屋の松を訪ねた折り、道祖神社前を騎乗のまま通る際に、奇禍に遭って客死した。その最期については『源平盛衰記』（巻七）「笠島道祖神事」に、

終に奥州名取郡笠島の、道祖神に蹴殺されにけり、実方馬に乗りながら彼の道祖神の前を、通らんとしけるに、人諫めて云ひけるは、此神は効験無双の霊神、賞罰分明なり、下馬して再拝して過ぎ給へと云ふ。……実方、さては此神下品の女神にや、我下馬に及ばずとて、馬を打って通りけるに、神明怒を成して、馬をも主をも罰し殺し給ひけり。

とあり、かつて都で歌人として盛名を馳せた実方の侘しい末路であった。

往古、多賀城へ通ずる官道であった東街道（県道39号線）沿いに笠島道祖神社（佐倍乃神社・祭神は猿田彦神と天鈿女神、名取市愛島笠島）があり、ここが藤中将実方の悲劇の舞台といわれた。朱塗りの鳥居には「正一位道祖神」の扁額が掲げられ、傍らに「道祖神社」の石柱が立っている。現在の社殿は、仙台藩初代藩主伊達政宗が建立したものを、元禄十三年（一七〇〇）十月、四代藩主伊達綱村が修造した。子規はこの神社に参詣して、

われは唯旅すゞしかれと祈るなり

と詠んでいる。

笠島道祖神社から東街道を半里程北上すると、左前方の竹林の中に藤中将実方の墳墓（名取市愛島

塩手字北野）がある。子規は、

……田畦（たんぼ）数町を隔てゝ塩手（しおて）村の山陰に墓所あり。村の童にしるべせられて行けば竹藪の中に柵もて廻（めぐ）らしたる一坪許りの地あれど石碑の残欠だに見えず。唯一本の筍（たけのこ）誤って柵の中に生ひ出でたるが丈高く空を突きたるも中々に心ある様なり。其側に西行の歌を刻みたる碑あり。

と記している。そして、墓所の中に筍が延びている様子を見て、

君が墓筍のびて二三間

と詠んでいる。

杉木立に囲まれた藤原実方の墳墓
（右手前は西行法師の歌碑）

笠島道祖神社（佐倍乃神社）の朱塗りの鳥居

現在、東街道から小川に沿った小径を進み、小川に架かる実方橋を渡った所に、『おくのほそ道』三百年記念」にあたる平成元年六月に建てられた、

笠島はいづこ五月のぬかり道　芭蕉

の芭蕉の句碑がある。その後方に一叢の薄(すすき)があり、その中に、

笠島はあすの草鞋のぬき処　松洞馬年

の句碑がある。馬年は天保期（一八三〇〜四四）の俳人で、仙台藩士である。

竹藪の中の小径を進むと、杉の木立の中に玉垣に囲まれた藤中将実方の墳墓がある。その右側に「中将実方朝臣之墳」と刻まれた石柱と、文治二年（一一八六）にここに参詣した西行法師が詠んだ、

朽もせぬ其名ばかりを留置てかれ野のすゝきかたみにぞ見る

の一首を刻んだ歌碑が立っている。また墳墓の左後方に実方作の、

さくらがり雨はふりきぬおなじくはぬるとも花のかげにかくれむ

と万葉仮名で上部に、下部に漢文の碑誌を刻んだ大きな歌碑がある。

実方の墓所前から南方に、広大な田圃を越えて、実方の悲劇の舞台となった笠島道祖神社の杜が遥かに望まれる。

一方、芭蕉は元禄二年（一六八九）五月四日、小雨の降る中を、岩沼の武隈の松を見物した後、笠

島へ向かった。『おくのほそ道』に、
……笠島の郡（こおり）に入れば、藤中将実方の塚はいづくのほどならんと、人にとへば、「是より遥右（はるか）（左）に見ゆる山際の里を、みのわ・笠島と云（いい）、道祖神の社、かた見の薄、今にあり」と教ゆ（ふ）。此比（このごろ）の五月雨に道いとあしく、身つかれ侍れば、よそながら眺やりて過（すぐ）るに、簑輪・笠島も五月雨の折にふれたりと、

笠島はいづこさ月のぬかり道

と記している。
芭蕉は藤中将実方の悲劇の舞台となった笠島道祖神社と、その墳墓に詣でることを強く心に抱き、また実方の墳墓に西行法師が詣でて詠んだ形見の薄に心を惹かれていた。だが、この頃の五月雨で道は大変悪く、そのうえ身体も疲労していたので、遠くから眺めるだけで通り過ぎ、一句だけを詠んだ。

仙台の旅館で古嶋一雄へ手紙を書く

子規は朽ち果てた藤中将実方の墳墓を見て、深い哀れみを感じ、「実方の墓にまうでゝ行脚の行末をいのる」と詞書を付け、

旅衣ひとへに我を護りたまへ

と詠んで立ち去った。畦道を一里程歩いて、増田停車場（現・名取駅）に辿り着き、東北線に乗って

仙台停車場に到着した。そして仙台・国分町の針久旅館に、旅装を解いた。暑い中を一日中歩きまわり、かなり身体には応え、針久旅館の部屋に案内されると、「奥羽漫遊途次仙台客舎にて」と詞書を付け、

　行きついて宿におちつくすゞみかな

と詠んで、一息ついた。そして、子規は新聞「日本」の編集長古嶋一雄宛に、この日の行動を書簡に書いた。その内容が面白いので全文を掲げると、

拝啓　昨今寒冷なれバ大分御地も凌き易き事と存候　小生二三日来寒熱劇変之為心地例ならず今日ハ紀行を認むる事もいやに候　其代り無類之珍聞御報申上候
小生古跡探究之為病苦を侵してわざ〳〵笠島といふ処にまハり候処山村寂々老杉欝葱之間一祠あり道祖神と申候　此社境内可なり大なれども堂宇荒廃風雨の破るゝに任し候へども凡社内にこれ程多くの宝物を蔵する所ハ他に比類有之間敷扨其宝物は屋中に蔵するに非ず堂中堂外に陳々相依るものに御座候　其形は甲（図アリ）乙（大小図アリ）の如く甲図ハ巧なるものにして乙図ハ拙なるもの也大サハ二尺乃至三寸位迄に候　盡く桐にてつくりたれバ尿道の通し居る処によく〳〵御目をつけられて御覧可被下候　色ハ白多けれども時として全身赤き者半身赤きもの抔有之候　而して此宝物は村民の奉納する者にて累々として積む者也　外格子抔にはさみあり候　社門の矢大臣も手に宝物を按し居候　其小ナル者一箇是非貴兄への御土産に持帰り度為尋候へども小なる者に限り餘り拙劣

故見合せ申候　当地巡査の話す所によれバ近年ハ餘程減少せし由の趣に候　其願ひの筋ハ小生相心得ず候かうもあらふか

何といふ願かしらねど／道祖神どうぞ／じん虚にならぬ／やうにと

七月二十七日　　花押

雄　様

燈台もと暗しの例への如く點水先生も此宮御承知なくバ御伝言被下度候

である。文末に、房事過度による腎虚（じんきょ）と道祖神とをかけた狂歌をつくっている。

藤中将の墓所を案内してくれた巡査と、有ろう事か「男性の宝物」の話をするなどは、まったく子規らしいと思って、自然におかしさが込み上げてきた。もと道祖神は天孫降臨の際、道案内をした猿田彦命（さるたひこのみこと）が、その起源だとされていて、疫神や悪霊が侵入しないように辻や橋のたもと、峠に立てられた石の神さまであった。だが、それが移り変わって、繁殖や生産の神さまとなって夫婦和合を願い、性器崇拝神として祀られるようになった。子規は独身であったので、村民の願いはどんなものか解らないが、「道祖神さまどうか夫婦和合し過ぎて精液を使い過ぎても、体がフラフラにならないようにお守りください」と祈っているという意味のことを書いている。子規のユーモリストなところと思われる。

七月二十八日　仙台で一日休養

この日、朝から晴れて、日射しが強く暑かった。子規は疲労の極にあったので、

……病(やまい)の疲れにや旅路の草臥(くたび)れにや朝とも昼とも夜ともいはずひたすら睡魔に襲はれて唯(ただ)うと〳〵とばかりに枕一つがこよなき友だちなり。

と記し、終日旅館にあって、枕を離すことができなかった。七月十九日、奥州行脚のため上野停車場を出発してから十日が経て、特に飯坂温泉あたりから疲労が蓄積されていたので、この日は一日中を完全に休養することにしたのである。

夜になって、日記を書き終わり、窓を開けた子規の眼に飛び込んできたのは、澄み渡った十六夜の月であった。子規の思いは松島の景色であり、急ぎ松島へ向かおうと戸外に出てみたが、すでに終列車の時間も過ぎていたため諦めた。独りで不平を呟きながら蚊帳に入って寝床についた枕許に、皮肉にもガラス窓から射し込む月光であった。子規は松島を思い、

月に寐(ね)ば魂(たま)松嶋に涼みせん

と詠み、気を取り直して、いよいよ明日は、必ず日本随一の風光美を誇る松島に行こうと決意し、さ

らに自ら納得して眠りについた。

芭蕉仙台に入る

一方、芭蕉は元禄二年（一六八九）五月四日、藤中将実方の伝承や遺跡に心惹かれて笠島に立ち寄りたかったが、「五月雨に道いとあしく」断念して、仙台城下国分町の大崎庄左衛門方に投宿した。

『おくのほそ道』に、

名取川を渡て仙台に入。あやめふく日也。旅宿をもとめて、四、五日逗留す。爰に画工加右衛門と云ものあり。聊心ある者と聞て、知る人になる。この者、年比さだかならぬ名どころを考置侍ればとて、一日案す。

と記している。

芭蕉は端午の節句の前日、あやめを葺く日に仙台を訪れた。翌五日は旅の疲れを癒し、談林派の俳人大淀三千風に会いたく消息を尋ねたが、天和三年（一六八三）四月、日本行脚に旅立って、仙台を去っていた。三千風が仙台を去ってから六年後のことで、すでに三千風を知る人も少なくなったが、三千風の

芭蕉が投宿した仙台城下国分町

高弟の画工北野屋加右衛門（北野加之）を紹介された。加右衛門は、かつて和風軒加之の俳号の三千風門下の俳人で、三千風が仙台を去る際、加之に宗匠の座を譲った。だが、その後加之は仙台俳壇の中の確執によって、俳壇を去っていた。そのため加之は芭蕉と会った時は「画工」になっていた。

五月六日、朝から天気が良く、ゆっくり休んで疲れもとれた芭蕉は、加右衛門の案内で仙台城大手門を経て亀岡八幡宮（青葉区川内亀岡町）へ参詣した。芭蕉と加右衛門とは、流派こそ異なるけれども、当時世に知られた俳人二人が、三百段の石段を登り降りしたことは、奇しき因縁であった。芭蕉は亀岡八幡宮に参詣したが、『おくのほそ道』には一言も触れていない。境内から望む金華山を初めとする風景は、芭蕉の心に深い印象を与えたであろう。

仙台城大手門隅櫓

鶴岡八幡宮の石鳥居

七月二十九日　仙台榴ヶ岡・塩竈神社・松島の名所

榴ヶ岡の散策

この日、子規は仙台停車場の東方一帯に広がる榴ヶ岡（躑躅岡とも）に遊んだ。この榴ヶ岡は古歌に謳われた名所で、子規は、

仙台停車場のうしろの方にあたれり。杜鵑花（サツキ）は一株も見えざれど桜樹茂りあひて空を蔽ひ日を遮り只涼風の腋下に生ずるを覚ゆ。

と記している。ただ、正確にどの場所を見物したのか解らないが、

兵隊の行列白し木下闇

と詠んでいる。この句から察すると、宮城野原には明治六年（一八七三）に仙台鎮台（歩兵第四連隊）が置かれていたので、現在の宮城野原公園総合運動一帯あたりまで散策したのであろう。

榴ヶ岡は、現在の仙台市宮城野区一帯を望む丘陵で、平安後期の歌人源俊頼の、

とりつなげたまだよこのゝ放れ駒躑躅の岡にあせみさく也　（『散木奇歌集』）

に詠まれたツツジの名所であった。

文治五年（一一八九）、源頼朝の奥州合戦の時、奥州平泉の藤原泰衡が国分原鞭楯（むらだて）（榴ヶ岡）に陣を布いたが、八月八日から十日までの阿津賀志山（福島県伊達郡国見町）の戦いで、庶兄西木戸太郎国衡が破れると、泰衡は鞭楯を放棄して帰陣した（『吾妻鏡』）。その後、この地は藩祖伊達政宗が仙台築城の際には、有力な候補地となったという。

榴ヶ岡の南西部に躑躅岡天満宮（宮城野区榴ヶ岡）がある。天延二年（九七四）、山城国に創建され、その後、平将春（まさはる）が陸奥国守多郡に勧請し、つぎに陸奥国柴田郡川内村に遷座された。さらに天文二十年（一五五一）、小俵玉手崎（青葉区の東照宮の地）に遷座され、承応三年（一六五四）、幕命により東照宮建立に際して、その境内地東側に遷座された。そして、寛文七年（一六六七）七月、四代藩主伊達綱宗が丹塗りの社殿・唐門などを造営し、菅原道真の真筆が奉納されて天満宮となり、この地に遷座された。

境内には句碑十九基、歌碑二基が林立し、その中に芭蕉五十回忌と蓮二（各務支考）十三回忌追善碑があり、

躑躅岡天満宮

あかくと日はつれなくも秋の風　　芭蕉

十三夜の月見やそらにかえり花　　文考

の句が併刻されている。その他、大淀三千風追善の「万句俳諧奉納記」の碑、雪中庵蓼太の〈五月雨やある夜ひそかに松の月〉の句碑などがある。

躑躅岡天満宮の南方一帯が寺町で新寺小路といわれ、藩政初期に城下の町割として形成され、その東南1・5キロ程の所に陸奥国国分寺跡（若林区木ノ下2丁目）があり、宮城野原の東南の一角にあたる。この付近一帯は『古今集』（東歌）に載る、

みさぶらひ御笠（みかさ）と申せ宮城野の木の下露は雨にまされり

に由来して「木の下」と呼ばれると同時に、歌枕として多くの歌人に詠まれている。

この歌に見られるように鬱蒼と茂った樹林に中に、国分寺の七堂伽藍の甍が並んでいた。国分寺は承平四年（九三四）、落雷のため焼失し、さらに文治五年（一一八九）八月、源頼朝の奥州合戦の際に兵火に遭って廃滅して、以後の推移は不詳で

宮城野原の東南の一角に建つ陸奥国国分寺跡

ある。その後、慶長十二年（一六〇七）、藩祖伊達政宗が国分寺講師堂跡に薬師堂、南大門跡に仁王門、同時に鐘楼堂も建立した。

薬師堂から道を隔てた木ノ下公園（若林区木ノ下2丁目）の中に、准胝（じゅんてい）観音堂がある。この堂は五代藩主伊達吉村（よしむら）の正室冬姫（長松院）が、本尊の准胝観音を寄進して、焼失していた堂を再建したものである。この堂の右手前に、

あやめ草足に結ばん草鞋の緒　芭蕉翁

と刻んだ芭蕉の句碑が立っている。この句碑は天明二年（一七八二）秋、伊豆国（静岡県）の俳人六花庵二代官鼠（かんそ）が仙台を訪れた際に建立したものである。その傍らに「東住居士三千風翁之塚」と刻まれた大淀三千風の供養碑があり、仙台の俳句史上貴重なものである。

一方、芭蕉は元禄二年（一六八九）五月七日、画工の加右衛門の案内で宮城野を見物しており、『おくのほそ道』に、

……宮城野の萩茂りあひて、秋の気色思ひやらるゝ。玉田・よこ野、つゝじが岡はあせび咲ころ也。日影ももらぬ松の林に入て、爰を木の下と云とぞ。昔もかく露ふかければこそ、「みさぶらひみかさ」とはよみたれ。薬師堂・天神の御社など拝て、其日はくれぬ。

と記している。芭蕉は仙台周辺の歌枕を熟知していた加右衛門の案内で、仙台東照宮、玉田・横野の

歌枕の地、躑躅岡天満宮、宮城野原の木の下薬師堂などを見て回った。

奥州総鎮守・塩竈神社の参拝

子規は「古歌の名所」といわれた榴ヶ岡の散策を終えると、仙台停車場から東北線に乗って、塩竈（塩竈市）へ向かった。塩竈停車場で下車した子規は、

……取りあへず塩竈神社に詣づ。数百級（だん）の石階幾千株の老杉足もとひや〱として已（すで）に此世ならぬ心地す。

と記す。子規はその通りに、まず塩竈神社（塩竈市一森山）に参詣した。数百段の石段の両側には老杉が生い茂り、石段を登りながら、

炎天や木の影ひえる石だゝみ

と詠み、登り終わると本殿である。

塩竈神社は陸奥国一の宮、奥州総鎮守として、代々の領主の精神的な支えとなっていたと思われる。特に伊達氏の崇敬が篤く、伊達氏がこの地を統治した江戸時代以降、歴代藩主は「大神主」として祭事を司るとともに社領・太刀・神馬などを寄進している。祭神は本殿の左宮に武甕槌神（たけみかづちのかみ）、右宮に経津主神（ふつぬしのかみ）、別宮に岐神（ちまたのかみ）（塩土老翁神（しおづちのおじのかみ））を祀っている。

慶長十二年（一六〇七）、伊達政宗は塩竈神社の造営に着手し、宝永元年（一七〇四）九月、五代藩

主吉村の時に落成した。現在の建物はほぼ当時のままで、左宮・右宮・別宮の三棟の本殿は、いずれも三方を勾欄（こうらん）のある縁（ふち）をまわし、装飾をおさえた木造素木三間社檜皮葺（ひわだぶ）き流水造りである。一方、左・右宮および別宮の二棟の拝殿は、古風で華やかな様式の朱漆塗り銅板葺き入母屋造りと好対照な佇まいを見せている。本殿・拝殿に加え、門（唐門）・廻廊・随身門（楼門）が整然と並ぶ構成は江戸中期の神社建築として類例がなく、その歴史的価値が認められている。

塩竈神社の本宮

塩竈神社の石段

　左宮拝殿前に、「文治灯籠」が置かれている。子規は、

……和泉三郎寄進の鉄灯籠を見る。大半は当時の物なりとぞ、鉄全く錆びて側の大木と共に七百

年の昔あり〳〵と眼に集まりたり。

と記している。この灯籠の鉄扉には向かって左に日を、右に月の形を打ち抜きにして、右上端に「奉寄進」、左端に「文治三年七月十日和泉三郎忠衡敬白」と刻まれている。

文治三年（一一八七）は、鎌倉の源頼朝が勢力を得てきた頃で、この年二月に後白河法皇に支援されて勝手な振舞いのある弟義経と対立した。義経らは頼朝の追討から逃れ、奥州平泉の藤原氏三代秀衡をたよった。だが、同年十月二十九日、秀衡が没し、藤原氏にとっては危急存亡の年でもあったため、藤原氏は塩竈神社の庇護に頼ろうとして寄進したものであろう。寄進した和泉三郎忠衡は秀衡の三男で、義経をかくまっていた父秀衡の没後も、その遺命に従って義経を守った。兄で四代泰衡が源頼朝に圧迫され抵抗できず、ついに文治五年閏四月三十日、義経の衣川の館を攻撃し、義経は妻子とともに自害した。この時も忠衡は義経に加担して兄泰衡と戦い、同年六月二十六日、二十三歳の若さで自刃した。灯籠を寄進した二年後であった。子規はこの灯籠を見て、

日さかりや七百年の鉄の色

と詠んでいる。

元禄二年（一六八九）五月九日、塩竈神社を詣でた芭蕉は『おくのほそ道』に、

早朝、塩がまの明神に詣（もうづ）。国守（こくしゅ）再興せられて、宮柱（みやばしら）ふとしく、彩椽（さいてん）きらびやかに、石の階（きざはし）九仞（きゅうじん）に

重り、朝日のあけの玉がきをかゞやかす。かゝる道の果、塵土の境まで、神霊あらたにましますこそ、吾国の風俗なれと、いと貴(とふと)けれ。神前に古き宝燈有。かねの戸びらの面(おもて)に、「文治三年和泉三郎奇(寄)進」と有。五百年来の俤、今目の前にうかびて、そゞろに珍し。渠(かれ)は勇義忠孝の士也。佳命(名)今に至りて、したはずといふ事なし。誠(まことに)「人能(よく)道を勤(つとめ)、義を守(まもる)べし。名もまた是にしたがふ」と云り。

と記し、特に「古き宝燈」(文治灯籠)に感心を示している。

社前から眼下に塩竈の家並や塩竈の浦(千賀の浦)が望まれ、平安時代から「藻塩焼き」という製塩の地として知られた。この塩焼きの「煙」に代表される歌枕の地で、

見わたせば霞のうちもかすみけり煙たなびく塩釜の浦(藤原家隆)

などの歌がある。子規も「塩竈神社より浦辺をめぐりて」と詞書を付けて、

涼しさの猶有り難き昔かな

和泉三郎忠衡寄進の文治灯籠

と詠んだ。子規は「山水は依然たれども見る人は同じからず。星霜移り換（かわ）れども古の名歌は猶存す」と感慨を抱いている。

松島の観瀾亭

子規は塩竈神社の参拝を終え、塩竈の浦のそばの海老屋という旅館で昼食をとって、小船を雇って松島へ向かった。湾内には小さな島・籬島（まがき）（塩竈市新浜町２丁目）があり、

わが背子をみやこに遣りて塩竈の籬が島のまつぞ恋しき
（『古今集』東歌）

と詠まれた歌枕の地である。籬島は周囲１５０メートル程の小島で、曲水島とも書かれ、往昔塩竈神社築造の際に「曲木を巧みに用いた」という籬島明神を祀る小祠があったので、島名になったという伝承がある。子規は船中から籬島を望み、

籬島　涼しさのこゝを扇のかなめかな

と詠んだ。この句碑は平成二十二年三月、塩竈市海岸通りの「シオーモの小径」に建てられた。

塩竈湾内に浮かぶ籬島

子規の乗った小船は、松島へ向かって海原を進んだ。すると船頭は、

……松嶋七十余嶋といひならはせども西は塩竈より東は金華山に至る海上十八里を合せ算ふれば八百八嶋ありとぞ云ふなる。見給へやかなたに頂高く顕はれたるは金華山なり。こなたに聳えたる山巓は富山観音なり。舳に当りたるは観月楼、楼の石にあるは五大堂、楼の後に見ゆる杉の林は瑞巌寺なり。瑞巌寺の左に高き建築は観瀾亭、稍ゝ観瀾亭に続きたるが如きは雄島なり。

と海上から松島一帯のパノラマを説明したと、記している。

松島（宮城郡松島町）は日本三景（京都府の天の橋立、広島県の厳島）の一つで、松島湾の内外に点在する大小二百六十余の島々と、湾岸の松島町を中心とする名勝地のことである。松島の景勝は七ケ浜町多聞山からの「偉観」、松島町富山からの「麗観」、松島町扇谷山から「幽観」、東松島市大高桑からの「壮観」を松島の四大観として、それぞれの名称によって眺望

シオーモの小径に立つ子規の句碑

の特色を表現されている。

子規は松島の船着場に着くと、この日宿泊する旅館観月楼に入った。玄関で番頭から「高尾正岡のお揃いは仙台の名物なり」と『伽羅先代萩』になぞらえて、ユーモアを交えた歓迎を受けたという。まず、案内された部屋の障子を明けて眺め、

　　涼しさの眼にちらつくや千松嶋

と、松島湾内に点在する島々の素晴らしい風景を詠んだ。ここで松島湾内の風景を眺めていても尽きることがないので、ついで月見崎に建つ観瀾亭（松島町博物館）に行った。

この亭は豊臣秀吉が伏見城（京都市伏見区木幡山）に建てられていた一棟を、文禄年間（一五九二〜九六）、藩祖伊達政宗が秀吉から譲り請けて江戸屋敷に移築した。そして二代藩主忠宗が海路で運び、この地に移築したと伝えられている。伊達家の迎賓館「月見の御殿」と呼ばれ、藩主の納涼や観月、幕府巡検使の宿泊・接待などに使用された。賓客の間「御座の間」に極彩色で描かれた張付絵や襖絵は狩野山楽からの筆といわれ、建物とともに桃山文化を代表するものである。子規は、

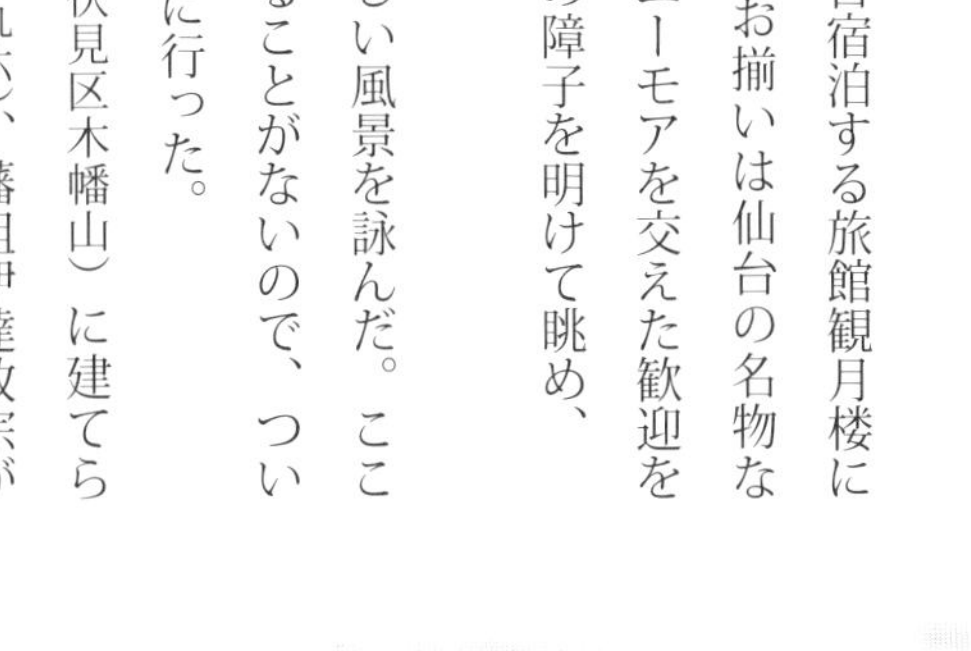

多聞山展望台から望む松島湾の景勝

……彫刻鈿鏤（でんる）の装飾無しと雖も古樸（こぼく）にして言ふべからざる雅致あり。数百の星霜を経て毫（ごう）も腐朽の痕（あと）を見ず、伝へいふ此建築一柱一板尽（ことごと）く唐木を用ふと。蓋（けだ）し一世の豪奢なり。襖板戸の絵は皆狩野山楽の筆とかや、疎鬆（そそう）にしてしかも濃厚の処あり。狩野家中の一派にやあらん。廊下に坐して見渡せば雄島五大堂を左右に控へ福浦嶋正面に当り其他の大嶋小嶼（だいとうしょうしょ）相（あい）錯伍（さくご）して各（おのおの）媚（び）を呈し嬌を弄（ろう）す。真に美観なり。嗚呼太閤貞山（政宗）共に天下の豪傑にして松嶋は扶桑第一の好景なり。而して其人此亭中に此絶勝を賞するに及ばず。此景此亭に其人を容れしむる能はざりしは千古の遺憾と謂はまくのみ。

と記している。松島の風景や歴史を前にして、子規の高揚した感情がよく伝わってくる。そして、子規の思い入れはますます高まって、こうしていると秀吉と政宗（貞山）とが彷彿として座間で微笑しているのが見えるとし、

なき人を相手に語る涼みかな

と詠んでいる。

月見崎に建つ観瀾亭（松島町博物館）

瑞巌寺と五大堂

観瀾亭の見物後、子規は東北地方を代表する臨済宗の瑞巌寺（正式には松島青龍山瑞巌円福禅寺）を訪れた。そして、雛僧（すうそう）の案内で玉座のあと、名家の書幅、外邦の古物、八房（やつぶさ）の梅樹などを説明された。寺は天長五年（八二八）、慈覚大師円仁（えんにん）（延暦寺三代座主）を開基とする天台宗（山門派）の寺院として、青龍山延福寺（松島寺とも）の名称で開基されたと伝えられる。のち鎌倉幕府の執権北条時頼は奥羽行脚の折、延福寺境内の一禅窟にいた宋から帰国の僧法身（ほっしん）（俗名は真壁平四郎）に会い、延福寺の住持とした。そして、寺号を円福寺と改め、同時に天台宗から臨済宗（建長寺派）と改宗して、法身を第一世とした。円福寺は鎌倉幕府の庇護の下に大いに繁栄し、室町時代も五山十刹に位置づけられたが、戦国時代に寺勢は衰退した。

慶長九年（一六〇四）、藩祖伊達政宗が五大堂の修築を行ない、翌十年に政宗は師僧虎哉（こさい）禅師の献言を容れて円福寺の再興に着手し、寺号を青龍山瑞巌寺と改称、同十四年三月に落成した。翌十五年に虎哉禅師の推薦によって、越前国の海晏道隆和尚を招いて住持とし、以後、伊達家の菩提寺となった。政宗の招請を受けて雲居禅師（芭蕉参禅の師である仏頂禅師の師）は、寛永十三年（一六三六）八月、二代藩主忠宗の代に九十九世住持となり、寺門を中興した。

現在、瑞巌寺は臨済宗妙心寺派の名刹として知られ、本堂・庫裡・廻廊・塀・門など、すべて国宝に指定されている。境内に入ると、慶長九年に建立した総門があり、天嶺性空（瑞巌寺百五世）書の「桑海禅林」の扁額が掲げられている。ここから方丈（本堂）まで200メートル程の参道が続き、この両側に杉木立が並び、もとは両側に瑞巌寺造営の際に移築された十三の塔頭があったが、明治維新後に荒廃して消滅した。杉木立の右側の崖は、大小の岩窟が掘られているが、いつどのような理由で掘られたかは不明である。

瑞巌寺の杉木立の参道

子規は瑞巌寺の由緒や雲居禅師については触れず、参道の杉木立や苔むした風情に感心し、参道途中に建つ鐘楼下に、多くの句碑が立ち並んでいる状況を記している。子規はこれらの句を「殆ど見るべきなし」と記しているが、その中の一句、

春の夜の爪（つま）あがりなり瑞岩寺　乙二

は陸奥国白石城下の千手院住持の岩間乙二（おつに）の句で、まずまずと批評している。そして子規は、

政宗の眼もあらん土用干

などと詠んでいる。独眼竜と称された政宗の義眼も取り出して干されているだろうという、子規らしい句である。

杉木立に囲まれた瑞巌寺の見物を終えた後、子規は松島海岸の代表的な景観を見せる五大堂を訪れた。五大堂は大同二年（八〇七）、征夷大将軍坂上田村麻呂が蝦夷鎮定の際、ここに毘沙門天を祀る堂を建立した。その後、天長五年（八二八）、慈覚大師円仁が天台宗の円福寺を創建した時、不動明王を中心に五大明王像を安置したので、五大堂といわれるようになったという。

現在の堂は慶長九年（一六〇四）、藩祖政宗が紀伊国の名工鶴衛門家次に命じて建立した。方三間の宝形造りで、四方に勾欄付きの縁を巡らし、正面に向拝（ごはい）を付け、東北地方の桃山建築の先駆をなすものである。自然景観の中の松島で、五大堂はもっとも美しい人工物であり、松島海岸と五大堂とを結ぶ筏橋（おさばし）（透かし橋）は松島三橋（福浦橋・渡月橋）の一つである。ここ

松島海岸と五大堂とを結ぶ透かし橋

でも、子規は五大堂についての謂われなどを記せず、透かし橋から見て、

をさ橋に足のうら吹く風涼し

涼しさや嶋から嶋へ橋つたひ

と詠んでいる。この〈涼しさや……〉の句碑は、松島城天守閣展望台前に立っている。

子規は精力的に松島の名所を巡ったが、夏の一日もようやく暮れようとしているので、

松嶋や雄嶋の浦のうらめぐりめぐれどあかず日ぞ暮れにける

と歌を詠み、宿舎観月楼に戻った。そして、子規は宿舎の欄干にもたれ、金波銀波の海に浮かぶ島々を飽きることなく眺めながら夜を待った。夕闇は、まず遠くに点在する島影を隠していって、やがて夜を迎え、その間に、

灯ちら〳〵人影涼し五大堂

松嶋の闇を見て居るすゞみかな

などと詠んだ。

松島城天守閣展望台前に立つ子規の句碑

子規は、芭蕉が陸奥紀行の契機となった「松島の月」を句に詠もうと、今か今かと月の出を待った。だが、あいにく天候が悪く、暗く空をおおう黒雲が出て、夕立ちがあり、提灯を吊した小舟二艘から聞こえる月琴に耳をすませていると、次第に雲の隙間から現われた月の影に子規は喜び、ここぞとばかりに、

波の音の闇もあやなし大海原月いづるかたに嶋見えわたる

すゞしさのほのめく闇や千松嶋

と詠んだ。だが、一歌一句をひねり出す間もなく、月は再び雲にかくれてしまった。子規は投宿した観月楼という名に夢を托したが、本当に残念であり、

心なき月は知らじな松嶋にこよひはかりの旅寐なりとも

と歌った。松島で名吟を詠むことができなかった子規は、残念な気持ちでいっぱいだった。だが、子規は松島で「涼し」の句を三十余も作り、実景からただちに句作する方法を実践、気軽に多くの写生句を作った。

芭蕉はわずか一泊の松島見物

一方、元禄二年（一六八九）五月九日、芭蕉らは松島を訪れた。この地は今回の陸奥紀行の最大の目的にして、はるばると心に想いを込めて訪れて来ただけに、感慨ひとしお深いものがあったことだ

ろう。『おくのほそ道』に、

抑ことふりにたれど、松島は扶桑第一の好風にして、凡洞庭・西湖を恥ず。東南より海を入て、江の中三里、浙江の潮をたゝふ。島〳〵の数を尽して、欹ものは天を指、ふすものは波に匍匐。あるは二重にかさなり、三重に畳みて、左にわかれ右につらなる。負るあり抱るあり、児孫愛すがごとし。松の緑こまやかに、枝葉汐風に吹たはめて、屈曲をのづからためたるがごとし。其気色窅然として、美人の顔を粧ふ。ちはや振神のむかし、大山ずみのなせるわざにや。造花の天工、いづれの人か筆をふるひ詞を尽さむ。

と記している。芭蕉が筆をふるい称賛した松島海岸の風景は、恐らく当時も今もほとんど変わらない姿であろう。

まず、芭蕉は瑞巌寺山門前の旅籠で昼食をとって、ひと休みした後、瑞巌寺の見物に出掛けたが、『おくのほそ道』には「十一日、瑞岩寺に詣」とある。芭蕉は『ほそ道』に塩竈神社を参拝した記事と、つぎに瑞巌寺を参詣した記事とが続くことを避け、創作的意図に基づいて、翌日、瑞巌寺に参詣したように記している。

曾良の『随行日記』によれば、元禄二年五月九日正午頃に松島に着き、その日の内に瑞巌寺・雄島・五大堂を見物して一泊、翌十二日に松島を出立している。だが『ほそ道』では五月十日に松島に着き、その日の内に雄島を、翌十一日に瑞巌寺に参詣、十二日に松島を出立したことにしている。

芭蕉にとって松島の見物は『ほそ道』の冒頭文にも記しているように、松島の美観を力説して効果を上げるため、便宜上、松島の記述を二日間にわたらせ、芭蕉自身の感慨を印象づけたのであろう。

それにしても、芭蕉の松島滞在がわずか一泊は残念である。この「おくのほそ道」紀行の最大の目的が松島の美観を楽しむことであったならば、もう一泊して、松島湾内に沈む夕景を、松島四大観（宮城郡七ヶ浜町代ヶ崎浜の多聞山からの「偉観」、松島町手樽の富山からの「麗観」、松島町松島の扇谷山からの「幽観」、東松島市宮戸の大高森からの「壮観」）といわれる場所から眺めれば、期待して訪れた松島を充分に堪能できたであろう。さらに芭蕉の満喫感がもっと素晴らしい文章として現われたのではないか。

松島四大観の一つ東松島市大高桑から望む松島湾内の夕景

七月三十日　雄島・富山・歌枕の里・壷碑を巡る

霊場の雰囲気漂う雄島

この日、子規は松島海岸の南東に位置する雄島(おじま)へ向かった。この島は、

立ちかへり又もきてみむ松島や雄島の苫屋波にあらすな（藤原俊成『新古今集』）

心ある雄島の海人の袂かな月宿れとは濡れぬ物から（宮内卿『新古今集』）

などと詠まれた歌枕の地である。

雄島は瑞巌寺とゆかり深く、「瑞巌寺の奥の院」とも称され、東西40メートル、南北200メートル程の大きさである。島内の岩窟には諸国から訪れた修行僧が刻んだ卒塔婆や石像などが散在し、全島霊場といった雰囲気が漂っている。

子規は「橋を渡りて細径ぐるりとまはれば石碑ひしく〳〵と並んで木立の如し。名高き坐禅堂はこれにやと思ふに傍に恠(あや)しき家は何やらん」とのみ記している。

渡月橋を渡った正面の岩上に雄島真珠稲荷があり、細い散策路を右にとって進むと、その背後の小丘上に見える建物が瑞巌寺九十九世雲居(うんご)禅師（諱(いなみ)は希庸、号は把不住軒(はふじゅうけん)）の座禅堂（把不住軒）である。

この堂は寛永十四年（一六三七）、石巻の笹町の元清という者が雲居禅師の隠居所として寄進したもので、以前は茅葺き屋根であったが、今は瓦葺き屋根に改築された。子規は、

すゞしさを裸にしたり坐禅堂

と詠んでいる。現在、堂内は荒れ果て、往昔を偲ばせるものはなにも残っていない。だが、ここから望む松島湾は、大小の島々が浮かび素晴らしい光景である。

この堂から小径を南へ進むと、鉄柵に囲まれた六角堂の中に「頼賢（らいけん）の碑」（国重文）がある。この碑は、この地で二十二年間にわたって修行した鎌倉時代の名僧頼賢（観鏡房）の高徳を偲び、徳治二年（一三〇七）、宋僧で鎌倉建長寺十世住持一山一寧（寧一山）

雲居禅師の座禅堂

頼賢の碑を覆う六角堂

に撰文を請いて建立された。

松島には多くの文人墨客が風雅を求めて訪れ、その印象をさまざまに謳った先人たちの詩歌を刻んだ石碑が、雄島に林立している。橘南谿著の『東遊記』（『東西遊記1』）には「此雄島には芭蕉の朝なタなの吟をはじめ、誹諧者流の発句の碑、或は騒人の諸碑等甚だ多し。然れども此佳景に対すべき作は有りぬとも覚えず」と書かれている。

座禅堂手前の岐れ道を左側にとって進むと、左手に大島蓼太の句碑が立ち、

朝ぎりや跡より恋の千松しま　　雲中庵蓼太

と刻まれている。その先の松島湾に面して、

芭蕉翁　朝よさを誰まつしまぞ片心

と刻まれた芭蕉の句碑がある。この句は『桃舐集』（八十村路通編）に収められ、元禄元年（一六八八）の作である。この句碑の右側後に、

松島や鶴に身をかれほとゝぎす　　曾良

と刻まれた曾良の句碑がある。

子規は瑞巌寺鐘楼下に林立する句碑を見て、「殆ど見るべきなし」といい、また雄島に立ち並ぶ句碑に対しては「誠に駄句の埋葬場なるべし」と大変辛辣な批評をしている。俳句革新の炎に身を投じ

ていた子規の真骨頂といえる。

芭蕉の雄島巡り

元禄二年（一六八九）五月九日、瑞巌寺の参詣後、芭蕉は雄島を訪ねた。『おくのほそ道』に、

> 雄島が磯は地つゞきて海に出たる島也。雲居禅師の別室の跡、坐禅石など有。将、松の木陰に世をいとふ人も稀〱見え侍りて、落穂・松笠など打けふりたる草の庵閑に住なし、いかなる人とはしられずながら、先なつかしく立寄ほどに、月海にうつりて、昼のながめ又あらたむ。江上に帰りて宿を求れば、窓をひらき二階を作て、風雲の中に旅寝するこそ、あやしきまで妙なる心はせらるれ。
>
> 　松島や鶴に身をかれほとゝぎす　曾良
>
> 予は口をとぢて眠らんとしていねられず。旧庵をわかるゝ時、素堂、松島の詩あり。原安適、松がうらしまの和歌を贈らる。袋を解て、こよひの友とす。且、杉風・濁子が発句あり。

芭蕉・曾良の句碑

と記している。

芭蕉は雄島を訪ねて岩窟を見た時、脳裏に浮かべたのは慕ってやまない見仏（けんぶつ）上人や西行法師の姿であった。西行は長治元年（一一〇四）、見仏が住む雄島の妙覚庵を訪ね、ここに二カ月ほど滞在した。このことを念頭に置いた芭蕉は「彼見仏聖の寺はいづくにや」と、敬慕の気持ちを込めて記したのであろう。

見仏は平安後期の高僧で、瑞巌寺の住持に就くことはなかったが、高僧としての名声は都へまで届き、元永二年（一一一九）、第七十四代鳥羽天皇から仏像・法具・松の苗木一千本が下贈された。これによって、雄島は「千松島」と呼ばれ、「御島」と表記され、いつしか「千松島」が「松島」全体を指し、地名の発祥となった。

この見仏は雄島に妙覚庵を結び、十二年間にわたって精勤苦練し、『法華経』六万巻をひたすら読誦したという。修行僧らの手で岩を削った隧道があり、これを抜けた所が見仏が庵を結んだ見仏堂跡とされ、その堂は妙覚庵と呼ばれた。だが、厳密には見仏旧跡は不明であり、このあたり一帯は、かつて「奥の院」といわれ、三方を卒塔婆や仏像を刻む岩壁に囲まれている。

見仏堂跡といわれる南東、松島湾に面した中央部に松吟庵跡がある。松吟庵は名僧頼賢が住んだ妙覚庵があった所と伝えられる跡に、万治三年（一六六〇）に建てられた。この松吟庵は『ほそ道』に「落穂・松笠など打けふりたる」と記された庵のことである。この庵は二度の火災に遭って、今はない。

芭蕉は、松島で素晴らしい風景に接して句を作るどころでなく、眠ろうとするが眠られなかった。今回の陸奥紀行に出立する際、江戸の草庵で別れる時に、俳友の山口素堂が餞別に松島の漢詩を作ってくれ、医師で江戸歌壇の雄原安適は松島の和歌を作って贈ってくれた。その他にも杉山杉風や中川濁子の発句などがあり、これらを頭陀袋から取り出して読みながら、今宵の友としたのである。

松島における芭蕉は一句も作らず、元禄二年（一六八九）五月十日、松島を出立して石巻（いしのまき）（石巻市）へ向かった。その後、石巻を経て、北上川沿いを北上し、登米（とめ）―一関へ進んだ。

松島四大観の一つ富山から歌枕の里へ

雄島の見物を済ませた子規は、宿舎観月楼に戻った。宿舎前からあらかじめ雇っておいた小船に乗り、磯伝いに手樽（てたる）村（松島町手樽）の船着場へ渡った。上陸して地元の児童に案内してもらいながら

見仏上人の住んだ妙覚庵跡

二里程歩き、さらに山道を五、六町進むと、富山（標高124メートル）の山頂に着いた。ここには大仰寺があり、松島四大観の一つで、西側に瑞巌寺の山々、東側遠方に金華山が望まれ、眼下には松島湾から石巻湾までの間に大小の島々が点在している。ここからの絶景を楽しみながら、

袖(そで)涼し島ちらばって十八里

涼しさのこゝからも眼(め)にあまりけり

海は扇松島は其絵なりけり

松島に扇かざしてながめけり

などと詠んでいる。

子規は、再び手樽村の船着場に戻り、小舟に乗って塩竈の船着場へ向かった。途中、船頭は帆を順風にまかせて、舵を取りながら一つ一つの島の名を教えてくれた。海草が水面に広がっていたので、この草はこのあたりでは藻(も)と呼ぶのかと尋ねると、船頭はこの草は冬になればまったく枯れて跡形もなくなり、春になると少しずつ生えてくると答えた。往昔、この草を刈り集めて焼き、その灰によって塩を採るので、藻汐草(もしおぐさ)というと語った。「塩竈海中の藻を此あたりにて何と呼ぶやと問へば藻汐草といふとぞ答へける」と詞書を付け、

涼しさや海人(あま)が言葉も藻汐草

と詠んだ。

しばらくして塩竈の船着場に着き、上陸した子規は歌枕の名所を探して歩いた。子規は、

……船塩竈に着けばこゝより徒歩にて名所を探りあるく。路の辺に少し高く二三本老いて下に石碑あり。昔の名所図会の絵めきたるは野田の玉川なり。伝ふらくこは真の玉川に非ずして政宗の攻略上より故(ことさ)らにこしらへし名所なりとぞ。いとをかしき模造品にありける。

末の松山も同じ擬(にせ)名所にて横路なれば入らず。……

と記し、歌枕に対してあまり信用しておらず、興味も示していない。そして「塩かまのほとりにある野田の玉川末の松山など皆真の名所にはあらずと聞きて」と詞書を付け、

涼しさにうその名所も見て行きぬ

と、嘘の名所だから見物には行かないと、さらっと詠んでいる。

芭蕉の歌枕巡覧

一方、芭蕉は元禄二年（一六八九）五月八日、多賀城碑（壷碑・後述）を見物し、塩竈街道（県道35号線）を歩いて、塩竈神社の東参道の南側に建つ御釜(おかま)神社（塩竈市本町）に参詣した。この神社は、海草を焼き聖塩の法を教えた塩土老翁神(しおつちのおじのかみ)を祭神とする塩竈神社の末社の一つで、四口(こう)の神釜を御神体として安置している。ここは我が国の製塩の濫觴(らんしょう)の地で、塩竈の地名の発祥であるという。現在も七

月四〜六日にかけて、この社で製塩の故事を伝える藻塩焼（もしおやき）神事が行なわれている。
御釜神社の参拝後、芭蕉は画工加右衛門から贈られた案内図を頼りに歌枕の巡覧に出掛けた。『おくのほそ道』に、

それより野田の玉川・沖の石を尋ぬ。末の松山は、寺を造（つくり）て末松山（まつしょうざん）といふ。松のあひ〳〵皆墓はらにて、はねをかはし枝をつらぬる契（ちぎり）の末も、終（ついに）はかくのごときと、悲しさも増りて、……

とある。

四口の神釜を御神体とする御釜神社

まず、歌枕「野田の玉川」は塩竈市大日向町の加瀬沼を源流とし、塩竈市と多賀城市との境界を流れる小川で、現在は暗渠となってコンクリート下を流れている。古来、「野田の玉川」は武蔵国（東京都）調布の玉川、紀伊国（和歌山県高野山）高野の玉川、近江国（滋賀県草津市）野路の玉川、山城国（京都府綴喜郡井手町）井手の玉川、摂津国（大阪府高槻市三島）玉川の里とともに日本六玉川の一

つとして、名高い歌枕であった。この歌枕は『古今六帖』に、

　みちのくにあるといふなるたま川の玉さかにてもあひみてしかな

とあるのが古いが、「野田の玉川」と記したのは能因法師の歌の、

　夕されは汐風こしてみちのくの野田の玉川千鳥なくなり（『新古今集』）

が有名である。塩竈新道（明治新道・県道35号線）に沿った民家（塩竈市玉川1丁目）の庭先に小祠があり、その傍らに能因法師の歌碑が立っている。

　この「野田の玉川」には、現在八つの橋が架けられ、その中の「おもわくの橋」（塩竈市留ヶ谷3丁目）は、前九年の役（一〇五一～六二）で有名に

民家の庭先の小祠と能因法師の歌碑（左）

現在のおもわくの橋

なった。陸奥国北上川流域の豪族安倍貞任（さだとう）が若い頃、この地に住む「思惑（おもわく）」という恋人と、この橋で逢引きしたという伝説から名づけられた。また「安倍の待橋」「紅葉橋」とも呼ばれ、西行法師は、

　踏まま憂き紅葉の錦散りしきて人も通（かよ）はぬおもはくの橋（『山家集』）

と、この橋を詠んでいる。かつて西行がこの地で見たものは、陸奥の「遠の朝廷」の侘しくも美しい情景であったのだろう。天和四年（一六八四）二月、四代藩主伊達綱村は西行の歌に因んで、「野田の玉川」の両岸地帯に楓（かえで）を植えたので、紅葉山と呼ばれるようになった。子規も、

　みちのくの玉川蟬の名所哉

と詠んだが、往昔の風景はまったく失われている。

ＪＲ仙石線多賀城駅の南側を流れる砂押川に架かる鎮守橋を渡って、民家の建ち並ぶ中を進むと、「末の松山」のある日蓮宗の末松山宝国寺（多賀城市八幡2丁目）がある。この寺は、もと林松寺（一説に「鄰障寺」）と称していたのを、江戸初期に八幡領主であった天童頼澄によって再興され、慶長十六年（一六一一）に頼澄が没し、その謚号「宝国寺殿」から寺号としたものである。「末の松山」は、

　浦ちかくふりくる雪は白波の末の松山のすかとぞ見る（藤原興風『古今集』）

　君をおきてあだし心をわがもたばすゑの松山浪もこえなむ（『古今集』東歌）

　契りきなかたみに袖をしぼりつつすゑのまつ山浪こさじとは（清原元輔『後拾遺集』）

などの歌で著名となった。源信明・源重之・橘為仲ら多賀城を訪れた歌人（官人で陸奥守、その他）らともゆかり深く、多くの歌人らに親しまれ、陸奥の代表的な歌枕である。

宝国寺本堂裏の墓地に隣接した一段高い所に、連理の枝に模した大きな二本の松が亭々と聳えているのが、「末の松山」である。松の根元に「末乃松山」と刻んだ石碑が立ち、その傍らに清原元輔や東歌を刻む歌碑がある。

宝国寺の松の根元に立つ「末乃松山」の石碑

「末の松山」から少し南下した民家に囲まれた中に、「沖の石」（別称は興井・興石など、多賀城市八幡2丁目）がある。二条院讃岐の歌に、

我が袖は汐干に見えぬ沖の石の人こそ知らぬ乾くまもなし（『千載集』）

があり、歌枕として知られた。

「沖の石」は大きな石の周辺を回らした盆地である。元来、「沖の石」とは、他の海岸などにも見られるもので、必ずしも「陸奥」に存在しなければならない性質のものではなく、「沖の石」自体も普通名詞である。この「沖の石」は寛文九年（一六六九）、四代藩主伊達綱村の文化政策の一環として保護整備され、由緒ある名所として伝えられたのである。

「沖の石」から畦道を歩いて「浮島」へ向かった。「浮島」は、

塩竈の前に浮きたる浮島のうきて思ひのある世なりけり（山口女王『新古今集』）

定めなきひとの心に比ぶれば浮島は名のみなりけり（源順『拾遺集』）

と詠まれて以来、歌枕として知られた。承保三年（一〇七六）、陸奥守に任ぜられた橘為沖は、

陸奥へくたりつきえ、浮島にまいりて（詞書）
祈りつつなほこそたのめ道のおくにしづめ玉ふも浮島かみ
浮島にまいりたるに、花いとおもしろし（詞書）
浮島の花みるほどはみちのおくにしづることもわずられにけり（『橘為沖朝臣集』）

と詠んでいる。これにより浮島は、多賀城の外郭の丘陵の東端に近い、田圃の中の小丘であり、頂には塩竈神社の末社の一つ浮島

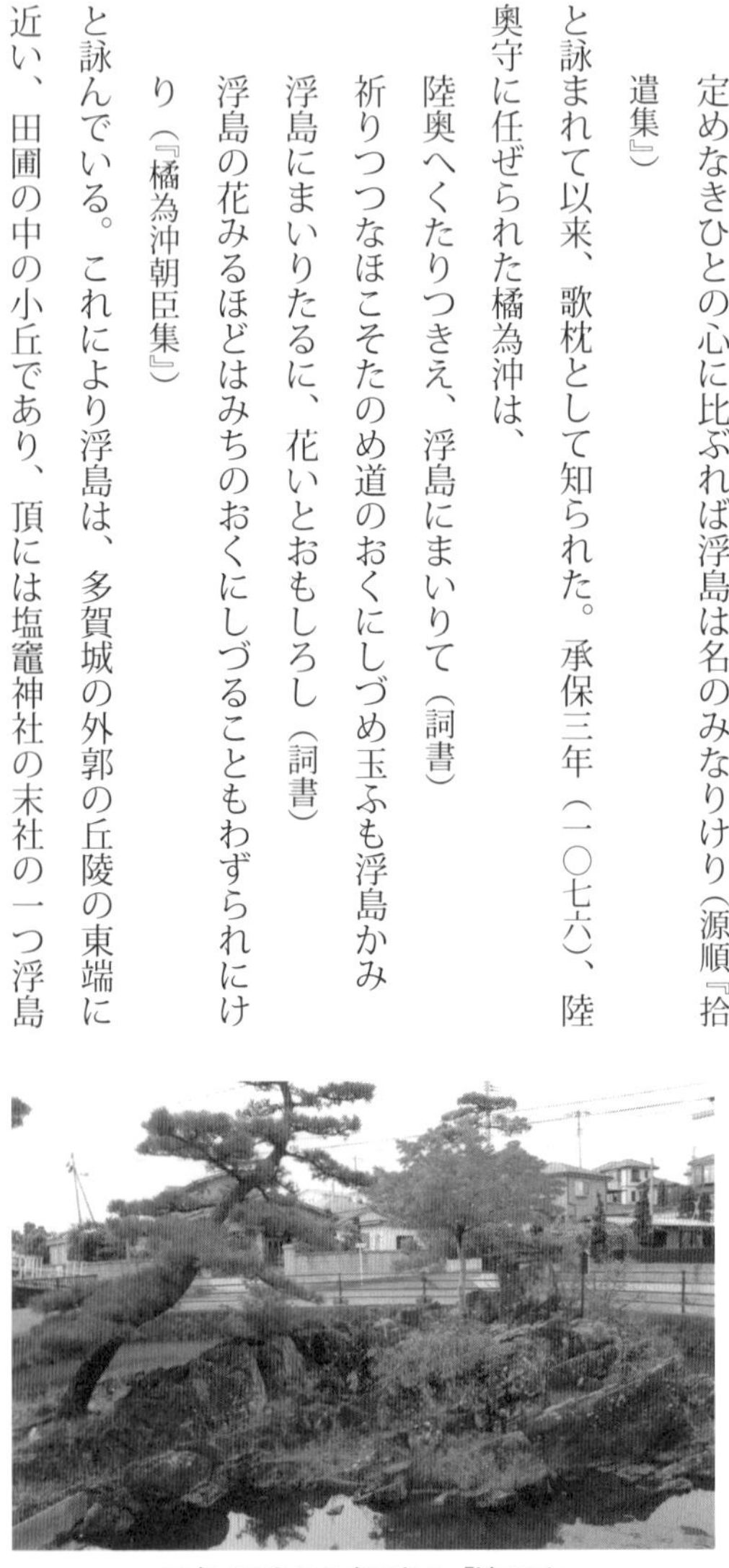

民家に囲まれた中にある「沖の石」

神社（多賀城市浮島1丁目）が祀られている。

『ほそ道』には仙台から塩竈への途次、歌枕「十符(とふ)の菅(すげ)」から多賀城碑（壷碑）を見物し、ついで野田の玉川・おもわくの橋・末の松山・沖の石・浮島などの歌枕を巡覧いて塩竈へ到着したように記している。だが、事実は多賀城碑から塩竈へ直行し、遅い昼食をとって、改めて野田の玉川などを経回したのである。

多賀城跡の壷碑

子規は歌枕の里にあまり興味を示さず、塩竈の船着場から「野田の玉川」に立ち寄って、すぐに多賀城跡にある壷碑（多賀城碑）を訪ねた。子規は

……市川村に多賀城址の壷碑(つぼのいしぶみ)を見る、小き堂宇を建てゝ風雨を防ぎたれば格子窓より覗くに文字定かならねど流布の石摺によりて大方は予(かね)てより知りたり。

と記している。覆堂の中に納められている壷碑（国重文）があり、格子窓から中を覗いたが、碑に刻まれた文字がはっきり読み取れなかった。だが、文字は拓本によって知っているという。あまり感慨を示さず、

　のぞく目に一千年の風すゞし

と詠んでいる。壷碑を然りげなく見た子規は、塩竈街道（県道35号線旧道）を西へ進み、東北線の岩

切停車場へ向かった。このため「蒙古の碑」を見物しなかった。

この碑は燕沢地区にあったもので、弘安の役（一二八一年）の際に戦死した元軍兵士追善のため、無学祖元（鎌倉円覚寺の帰化僧）が建立した供養碑と伝えられている。碑文は字画の省略が多く読みにくいが、移転の際に碑の下から一字一字丁寧に経文を写した丸い小石が、数多く掘り出されたことから「大乗妙典一字一石之塔」であることが確かめられ、供養碑であることが実証された。現在、碑は善応寺（宮城野区燕沢2丁目）の境内にある。

岩切停車場に直行した子規は、汽車の来るのを待つ間に、

蓮の花さくやさびしい停車場

と詠んでいる。

この日、子規は雄島の島内を散策し、そして小舟に乗って松島湾の磯伝いに手樽へ向かい、松島四大観の一つ富山に登った。その後、小舟で塩竈へ戻り、徒歩で歌枕の里や多賀城跡の壷碑などを見て回った。病躯の子規にしては、すごい行動であった。夜は仙台の針久旅館に戻った。

芭蕉は元禄二年（一六八九）五月八日、奥細道（東光寺前を流れる七北田川に沿った東西の道。東光寺山門前に「奥の細道」の碑）を通って、歌枕「十符の菅」の見物を済ませると、東光寺（宮城野区岩切）門前から塩竈街道（県道35号線）を東へ進み、多賀城跡の壷碑（多賀城碑）へ向かった。

多賀城は古代城柵で、文献上の創建年代は不明だが、養老年間（七一七～二四）に完成されたという。その後、天平九年（七三七）、多賀柵として『続日本紀』に記されているのが初見である。奈良時代には、ここは陸奥国府および鎮守府が置かれ、蝦夷地経営の拠点となったが、延暦二十一年（八〇二）、征夷大将軍坂上田村麻呂が鎮守府を胆沢城（岩手県奥州市佐倉河）へ移した後は国府のみとなり。前九年の役（一〇五一～六二）・後三年の役（一〇八三～八七）には源義家がここを拠点とした。

外城の規模は東西約９００メートル、南北約１１００メートルの不整方形で、周囲には、瓦葺きの築地がめぐらされ、南・東・西に門が設置されていた。南門を入ると、城内の中央部には正殿・脇殿を築地で囲み、正面に門をもつ政府であった。「壷碑」は多賀城南門跡の丘陵上にあり、征夷大将軍坂上田村麻呂が蝦夷鎮定の折、弓の弭（はず）で「日本の中央」であることを書き付けたものである。この「壷碑」は、

多賀城南門跡の丘陵

陸奥の奥ゆかしくぞ思ほゆる壷の碑外の浜風（西行法師『山家集』）

陸奥のいはでしのぶえぞ知らぬ書きつくしてよ壺の石文（源頼朝『新古今集』）

いしぶみやつかろのをちにありときくえぞ世の中を思ひはなれぬ（藤原清輔『夫木集』）

などの古歌に詠まれてはいるものの　所在地不明の謎の歌枕であったが、寛文年間（一六六一～七三）に多賀城跡で発掘された古碑が「壺碑」だと信じられた。芭蕉が訪れた時、「壺碑」は覆堂もない露天であった。『おくのほそ道に』に、

壺碑　市川村多賀城に有り。

つぼの石ぶみは、高サ六尺余、横三尺計歟。苔を穿て文字幽也。四維国界之数里をしるす。「此城、神亀元年、按察使鎮守符(府)将軍大野朝臣東人之所里也。天平宝字六年、参議東海東山節度使、同将軍恵美朝臣獦修造而。十二月朔日」と有。聖武皇帝の御時に当れり。むかしよりよみ置る歌枕、おほく語伝ふといへども、山崩川流て道あらたまり、石は埋て土にかくれ、木は老て若木にかはれば、時移り、代変じて、其跡たしかならぬ事のみを、爰に至りて疑なき千歳の記念、今眼前に古人の心を閲す。行脚の一徳、存命の悦び、羈旅の労をわすれて、泪も落るばかり也。

と記している。

芭蕉は古歌に詠まれた「壺碑」と思い込んで、涙を流すほどの感動を受けたのである。だが、この碑は、当時の権力者である藤原仲麻呂（恵美押勝）の子朝獦を顕彰したものである。朝獦は父仲麻呂

の権威を背後に東北政策の全権を掌握し、強力に対蝦夷政策を遂行して、多賀城の大規模な再建を行なったので、いわば恵美朝臣朝獦顕彰碑、または多賀城再建碑である。

この多賀城碑は、初め偽物と考えられていたが、近年は本物とする説が有力で、群馬県多野郡吉井町の多胡碑、栃木県大田原市湯津上の那須国造碑とともに日本三古碑の一つである。芭蕉は多賀城碑の碑文を写し取ったらしく、その全文を紹介すると、

　京去一千五百里
多賀城蝦夷国界去一百二十里
　常陸国界去四百十二里
　下野国界去二百七十四里
　靺鞨国界去三千里
西比城神亀元年歳次甲子按察使兼鎮守将
軍従四位上勲四等大野朝臣東人之所置
也天平宝字六年歳次壬寅参議東海東山
節度使従四位上仁部省卿兼按察使鎮守
将軍藤原恵美朝臣獦修造也

天平宝字六年十二月一日

である。砂岩を加工した碑面には、上部に大きく「西」の文字があり、その下の長方形の枠線の中に十一行の百四十一字が刻まれている。なお、芭蕉は「苔を穿て文字幽也」と記しているように判読に苦しみ、「所置(正)→所里(誤)」「獦(正)→獷(誤)」と誤写している。

芭蕉は多賀城碑の碑文を書き写した後、多賀城政庁跡を見ながら、塩竈へ向かった。

覆堂の中にある壷碑

七月三十一日　南山閣の鮎貝槐園を訪ねる

この日、子規は国分町の針久旅館を出立し、青葉山の仙台城跡から間道を通り抜けて広瀬川を渡り、しばらくして現在の国道48号線（作並街道）を西進する。まもなく右手の大崎八幡宮（青葉区八幡4—6）へ向かい、すぐに右手の曲折した坂道を登ると、東京で短歌運動を通して親交のあった歌人鮎貝槐園（あゆかいかいえん）が滞在している南山閣（なんざんかく）（青葉区国見5丁目）を訪ねた。

河東碧梧桐が『子規の回想』「果て知らずの記の旅」に「よく、治（なお）り次第何処かへ行かう、今度は少し遠方へ行かう、松島辺まで行って見たい。あれから芭蕉のあとを追つて奥州へ出るのもいい、仙台にはAがゐる、あいつを驚かして鳴子温泉あたりの山の温泉にゆつくり浸らう、さぞ時鳥（ほととぎす）や鶯がやかましい位（くらい）鳴くことだらう……、こんな空想を描いて、一人で旅行気分を唆（そそ）つた事も幾度だつたであらうか」と書いているのをみると、子規は南山閣に鮎貝槐園がいることをあらかじめ知っていたのであろう。

大崎八幡宮本殿

槐園（本名は房之進）は、歌人落合直文の実弟で、元治元年（一八六四）一月四日、陸奥国本吉郡松岩（現・宮城県気仙沼市）の領主鮎貝太郎平盛房の三男として松岩の煙雲館に生まれた。宮城県尋常師範学校を卒業、さらに上京して東京外国語学校（現・東京外国語大学）朝鮮語科に学び、早くから渡鮮の志を抱き、また経世の野心に燃えていた。卒業後、一時帰郷して宮城県の県会議員を一期つとめたが、また上京して実兄直文を援けて短歌結社「あさ香社」（東京都文京区本駒込3―6）を創設し、弟分の与謝野鉄幹と国文学を研究して、短歌にも活躍した。この頃、短歌革新運動を通して、子規と相識の間柄となった。

槐園は明治二十七年（一八九四）に日・清・韓の間で風雲急を告げるにおよんで、単身勇んで渡鮮し、翌二十八年から乙未（いつび）義塾を開塾して日本語の普及教授にあたった。まもなく京城では日韓合併の発端となった閔妃（びんひ）暗殺事件が起こり、槐園も事件に関係したとして罪を受けて孤島生活を続けた。その後、朝鮮を永住の地と定め、古代文化研究に生涯を捧げ、昭和十八年（一九四三）に朝鮮文化功労章を授与された。だが、敗戦のため昭和二十一年二月、引き揚げて福岡県博多に上陸した時、槐園は八十二歳の病体であり、二月の二十四日に博多で淋しく生涯を終わった。

仙台市の北西郊外荒巻南山にある南山閣は、そもそも江戸中期の安永年間（一七七二～八一）、仙台藩士石田典謌が父親の還暦を記念として、眺望絶佳なこの地に隠居所として建てたものであった。のち石田氏の別荘となったといわれ、東に太平洋を遠望し、眼下に広瀬川の清流を見下す庭は、自然の風趣に富み、山水の美しさをほしいままにしている。明治時代に至って、帰農した石田氏のあとを承け継いだのは、往年の映画俳優上山草人の実父上山五郎（号は静山）で、医業に付き宮城医学学校の教授でもあった。また、静山は漢詩をよくし、漢詩人大須賀筠軒（俳人大須賀乙字の父親）や、詩人・英文学者土井晩翠らと親交があったという。

この上山家の貸し家に鮎貝氏一族が居り、その関係から落合直文・鮎貝槐園兄弟も、静山の南山閣に遊ぶようになったという。戦後まもない頃まで、このあたり一帯は生い茂る樹林に昼なお暗く、ひんやりとした道を行く足許に、朽ちた葉の匂いを漂わす佇まいであったという。だが、現在は宅地造成の波が押し寄せて、この景勝の台地は往時の面影がまったくなくなった。そのうえ、子規が泊まった南山閣の母屋が、近年火災に遭い、貴重な文学遺跡が消滅してしまった。

この景勝地の南山閣を訪れた子規は、

……閣は山上にあり川を隔てて青葉山と相対す。青葉山は即ち城址にして広瀬川は天然の溝渠なり。東に眺望豁然と開きて仙台の人家樹間に隠現し平洋の碧色空際に模糊たり。

夕立の見る〳〵山を下りけり

と記している。

子規が南山閣に到着すると、主人の槐園は自ら風呂を焚いてもてなした。そこで、

行水をすてる小池や蓮の花

と詠んだ。

その後、子規と槐園とは「雲烟（うんえん）風雨の奇景を眼下み見下し」ながら和歌や俳諧に関する対談で、一日を費やした。すると、雨が晴れて空と太平洋との間に、かすかな光を漏らすものは月であり、その色は赤黒くして、わずかに寒々しく、

涼しさのはてより出たり海の月

と子規が詠むと、槐園もまた同じ心を、

はたゝかみ遠くひゞきて波のほの月よりはるゝ夕立の雨　　槐園

と詠んだ。子規は東京を離れた仙台で、久しぶりに会った槐園に勧められて、南山閣に宿泊することになった。子規にとっては、大変嬉しい一泊であった。

現在、わずかに残る南山閣の土蔵

八月一日　槐園が夜に旅館を訪ねる

南山閣に泊まった子規は、起きてすぐ部屋の窓を開けると、窓外には雨後の空が遠くまで雲一つない風景が広がり、

野も山もぬれて涼しき夜明かな

と詠むと、槐園もこれに答えて、

ひろせ川朝きりわけてたつ浪の音よりあくるしのゝめの空　　槐園

と、すがすがしい朝の情景を詠み合った。

のち子規は、南山閣をあとにして宿泊先の旅館に戻った。「仙台旅館針久にて」と詞書を付け、

夕すゝみ四角な庭をながめけり

と、一息ついた子規の気持ちを表している。

この時、槐園は与謝野鉄幹を同道して南山閣に滞在していたが、たまたま鉄幹が他所に出掛けていたので、夜になると暇をつぶすため子規の投宿している旅館を訪ねて来た。またまた対話が弾み、この時、子規は槐園から仙台の名所を教えてもらったのであろう。

八月二日　仙台市内の名所を見物

この日、子規は朝から槐園に教えられた仙台市内の名所の愛宕山や藩祖伊達政宗の廟所・瑞鳳殿（仙台市青葉区霊屋下）の見物に出掛けた。

　宮沢渡の仮橋を渡りて愛宕山の仏閣に上る。門側天狗の像を安置す。茶店に氷水を喫しながら見下せば広瀬川は足下数十丈の絶崖に添ふて釣する人泳ぐ人豆の如く、川のかなたは即ち仙台市にして高楼画閣掌中に載すべし。政宗公の廟に詣づ。老杉蓊鬱山路幽凄堂宇屹然として其間に聳ゆ。纔かに欄間の彫彩を覗ふ、門堅く鎖して入る能はざるなり。常人死して此栄を受く即ち以て瞑すべし。公に在ては則ち此僻地に葬られて徒に香火の冷ならざるを得るのみ。

と記している。

訪れる寺社の固有名詞は書かれていない。広瀬川に架かる宮沢橋を渡ると、茂ケ崎山の北側８００メートルの地点に愛宕山（標高８００メートル）があり、これはほとんど独立丘陵である。北側から東側の一部は広瀬川の断崖となり、南の茂ケ崎山とは越路の谷間を距てて相対している。その間に細道があって、東側の大部分は緩い傾斜をなし、愛宕山の頂上は比較的広い平坦地で、愛宕神社（青葉区向山4丁目）が建っている。古来、仙台の総鎮守として尊崇され、その西隣には大満寺があり、その境内に虚空蔵堂が奉祀されている。この堂は方三間、宝形造り本瓦葺き、朱塗りで和様・唐様の混交した様式を持ち、本尊虚空蔵菩薩の両側の壇に、古びた千体仏四百五十体を安置している。

子規はこれらの寺社や周辺の風景を眺めながら、

小天狗の前に息つく熱さかな
川中にあたまそろへておよぎ哉
汗ふくや仙台は木もあるところ
町走る人見ゆわれは氷水

などと詠んでいる。

子規は愛宕山から眼下に広瀬川を見ながら藩祖伊達政宗の廟所・瑞鳳殿へ向かった。経ヶ峯と呼ばれる半島状の丘陵で、政宗を初めに二、三代藩主の霊屋（みたまや）が営まれた場所である。広瀬川が追廻の岸をえぐり、竜の口峡谷入口で弧線を描き、経ヶ峰の崖下を

青葉城内に立つ伊達政宗騎馬像

伊達政宗の廟所・瑞鳳殿本殿

東北に流れる景観は、強く印象に残る所である。杉林に囲まれた緩勾配の坂道を登って行くと、まもなく政宗の香華として建てられた臨済宗の正宗山瑞鳳寺（青葉区霊屋下）があり、山門前に「下馬」と刻んだ石標が立っている。この寺は寛永十三年（一六三六）、二代藩主伊達忠宗が創建した高い寺格を誇っていた。さらに石段の参道を進むと、両側に老杉が立ち並び、苔むした石垣に沿って登れば、二代藩主忠宗の廟所・感仙殿、三代藩主綱宗の廟所・善応殿がある。参道の途中から左折すると、急勾配の坂道で周囲に杉の巨木が鬱蒼とそそり立つ中に瑞鳳殿がある。

政宗は寛永十三年五月二十四日、江戸桜田屋敷で七十歳の生涯を閉じたが、それより少し前の四月十八日、政宗は保春院という寺から、方丈の落成祝いに招かれ、その帰りに杜鵑（ほととぎす）の初音を聞くと称して、北山より西の山近くの道を経て経ケ峰に至った。この時、政宗は供の者に、自分の死後はこの地に葬るように指示したという。政宗の遺体は円形の座棺に納められ、石灰を回りに詰めて駕籠に乗せ、死の当日江戸を出立し、六月三日に仙台覚範寺に到着、翌四日に経ケ峰に埋葬された。

二代藩主忠宗は同年秋から父政宗の廟所・瑞鳳殿の建設に着手し、翌寛永十四年十月に竣工した。涅槃門・拝殿・唐門・本殿が直線上に配置され、拝殿の左前に御供所の竹楼などがあり、桃山様式の代表的豪華絢爛たる廟所である。この廟所前に佇んだ子規は、

すゝしさや君があたりを去りかぬる

涼みながら君話さんか一書生

などと詠んだ。

子規が見物した瑞鳳殿は昭和二十年七月十日、仙台空襲により一朝にして灰燼に帰し、往事を偲ぶよすがもなくなっていたが、現在の瑞鳳殿は昭和五十四年秋に再建された。

子規は愛宕山一帯の名所を見物して宿に帰り、夏の土用の時期であることを思い出し、

土用干や裸になりて旅ごろも

と、土用干のため旅衣を干してしまうと、裸にならなければ仕方ないと面白く詠んでいる。

八月三〜四日　南山閣で槐園と文学談義を続ける

この日、子規は国分町の針久旅館を引き払って、再び南山閣を訪れた。一昨夜、槐園が子規の投宿している旅館を訪ねて、是非、南山閣で文学談義をしようと、誘ったのであろう。このため、槐園は子規を丁重に迎え入れた。途中、子規は雨に濡れて、

旅衣ひとりぬれつゝ夕立の雲ふみわけて君をとふかな

と短歌一首を詠んでいる。さっそく槐園の影響か。南山閣に着いて一休みすると、子規と槐園とは、また歌道や俳諧についての文学談義を始め、深更まで続いた。子規は南山閣に泊まった。

翌四日、朝から雨であった。雨のため好都合とばかりに、文学談義を始めたが、尽きることはなかった。その夜も南山閣に泊まった。

子規は今回の奥州行脚の中で、もっとも長く逗留したのが南山閣であった。白河や須賀川の旧派の宗匠を訪ねたことに郡山を過ぎたあたりから不満を抱いていた子規は、新しい短歌を模索していた槐園との文学談義が、どれほど有意義だったかが分かる。とにかく槐園との仙台の数日間は、子規にとっても大きな収穫だったであろう。

八月五日　作並温泉に一泊

子規は南山閣で朝を迎えた。この日は仙台を出立して、出羽国（山形県）へ向かう日であった。子規は槐園に別れを告げて南山閣を辞す時、

涼しさを君一人（いちにん）にもどし置く

と留別句を詠むと、槐園から餞別として、

草枕旅寝の夢や迷ふらん松しまの月きさかたの雨　槐園

の一首が贈られた。そして、槐園は山を下って、大崎八幡宮（青葉区八幡4丁目）の所で見送ってくれた。子規は「仙台を出る時帰京の後再開を槐園に契りて」と詞書を付りて、

秋立し桔梗を契る別れかな

と詠んで別れた。

子規は広瀬川の渓流に沿った作並街道（国道48号線）を作並温泉へと坂道を登った。作並街道は、江戸時代には国分山根通りと呼ばれる脇街道で、仙台城下北目（きため）町から八幡町・郷六（ごうろく）町を経て、愛子（あやし）―熊ケ根―作並の三宿場を通って関山峠（せきやまとうげ）を越えて出羽国に入った。関山峠はかなりの難路であったが、

明治十五年（一八八二）に日本のトンネル掘削の先駆といわれる関山隧道が開通したので、峠越えは楽になるとともに重要幹線となった。この街道は子規がいう「その人」、すなわち芭蕉が歩いた道ではない。

嶄巌激湍涼気衣に満つ。橋を渡りて愛子の村を行く。路傍の瞿麦雅趣めづべし。野川橋を渡りてやう〳〵に山路深く入れば峰巒形奇にして雲霧のけしき亦たゞならず。

と記している。撫子の花を　愛でながら街道を歩き、

山奇なり夕立雲の立ちめぐる

涼しさや山の下道川つたひ

児も居らず愛子の村の野なでしこ

などと詠んでいる。さらに馬子の他は誰も通らない山道なので、遠慮することなく裾をまくって歩くと、蚋に喰われ、

世の中よ裾かゝぐれは蚋のくふ

と詠んだ。さらに、

行けばあつしやめれば涼し蟬の声

馬子歌のはるかに涼し木下道

現在の岩松旅館の外観

　風涼し滝のしぶきを吹き送る
　　上下の滝の中道袖すゞし
などと、山中の情景を詠んでいる。
　ようやく作並温泉（青葉区作並）に着き、当時はただ一軒だけの岩松旅館に投宿した。建物は山の底にあって、窓間に滴る水音は床下に響き、世上は炎暑であるが、ここだけは涼しい所であった。
　　涼しさは下に水行く温泉哉
　　ちろ〳〵と焚火涼しや山の家
　　涼しさや行燈うつる夜の山
　　窓あけて寝さめ涼しさ檐(ひさし)の雲
　　旅籠屋(はたごや)に投げ出す足や蚋の跡
などと詠んだ。汗を流そうと温泉場に向かうと、温泉場は廊下伝いに絶壁を下ること数百段に達し、浴槽の底板一枚下は水の流れる渓流であり、半露天の岩風呂で、
　　夏山を廊下づたひの温泉(いでゆ)かな
と、山間の奇泉を詠んでいる。子規はここに一泊した。

八月六日　県境関山峠越え

関山峠を越えて山形県へ

この日、朝から盛夏の照りつける空であった。作並温泉の岩松旅館で、

雲にぬれて関山越せば袖冷し

と詠み、子規は早朝に関山峠へ向かって出立した。宮城県と山形県との県境関山峠（海抜594メートル）まで五里余の作並街道は、渓流を足下に雲近き山道である。子規は下駄を履いて悪路を攀じ登るように歩いた。

九十九折なる谷道固より人の住む家も見えず往来の商人だに稀なるに十許りの女の童何処に行かんとてかはた家に帰らんとてか淋しげに麓の方へ辿り行くありけり。と見れば賤しき衣を著けたるが上に細き袴を穿ちたる其さま恰も木曽人の袴の如し。いつの代の名残にはありけんひたすらにいとほしく覚えて、

撫子やものなつかしき昔ぶり

と記している。人家もない山深き道で行き合った一人の少女に、子規が無言のまま愛憐している様子

がありありと窺える。また「細き袴」とは、すなわち「もんぺ」のことで、雪国の東北地方では一般的なものであった。もし子規が「もんぺ」のことを知っていたら「昔ぶり」などとはいわずに「もんぺ」と詠み込んだに違いない。

現在、関山峠越えの道は国道48号線で、宮城県と山形県とを結ぶ枢要な道路となっている。だが、当時は嶮岨な山道で、車馬の交通もかろうじて行き交わしていた。関山峠の隧道は『地誌提要』に「関山ノ南、猪ノ沢ノ村ノ沢間ヲ鑿チ、陸前ニ通スル新道ヲ開クノ挙アリ、明治九年以来着手ス、有志輩ノ尽力ニ係レリ」とあり、県令三島通庸によって開通された。

……隧道に入れば三伏猶冷かにして陸羽を吹き通す風腋の下に通ひて汗は将に氷らんとして岩を透す水の雫は絶えず壁を滴りて襟首をちゞむること屡々なり。

とある。汗に濡れて五里余の山道を歩いた子規には、この関山峠の隧道はどんなに嬉しかったであろう。子規は隧道を、

涼しさの羽前をのぞく山の穴
ほの暗きとんねるゆけば夏もなし
隧道にうしろから吹く風すゞし
隧道のはるかに人の影すゞし

とんねるや笠にしたゝる山清水

などと詠んでいる。

隧道を抜けた時は、ちょうど昼頃であり、出口側の茶屋で昼食をとって、

午飯(ひる)の腹を風吹くひるねかな

とあり、食後に茶屋の腰掛けで大の字になって昼寝をしている。
隧道を抜けて山形県東根市に入ると、道路名は関山街道（国道48号線）と呼ばれ、子規は関山街道を再び歩きだすと、すぐに大滝があり、その美しさに心を奪われ、

幾曲り曲りて道は松杉の中に入る。涼しき響のどことなく耳を襲ふに何やらんと横にはひれば不動尊立てり、其(その)うしろに廻りて松が根に腰をやすむれば水晶の簾(すだれ)なせる滝は数仞(じん)の下に懸(かか)りて緑を湛(たた)へたる深潭(しんたん)の中に落つ。襟を披(ひら)き汗を拭ふて覚えず時をうつしぬ。

とく〱の谷間の清水あつめきていはほをくだく滝の白玉

涼しさをくだけてちるか滝の玉

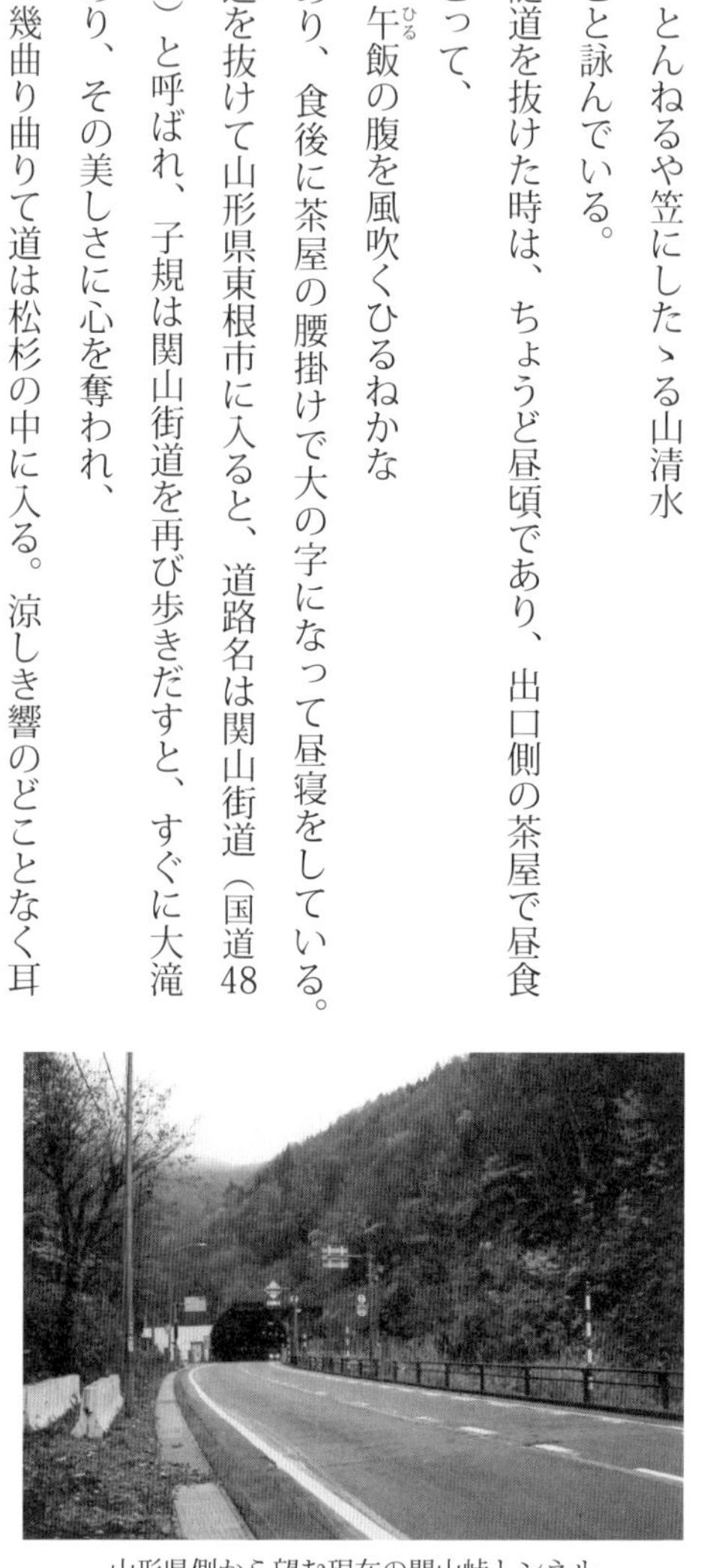
山形県側から望む現在の関山峠トンネル

　滝壺や風ふるひこむ散り松葉

と記している。〈涼しさを……〉の句などは、夏の紀行句として、山間の景趣がよく描き出されていると思う。

滝は大滝（おおだき）（東根市関山）と呼ばれ、そばのドライブイン「紅花」横の駐車場には、

　とんねるや笠にしたゝる山清水

と刻んだ子規自筆の句碑がある。子規が芭蕉の「おくのほそ道」の旅路をたどって山形県を訪れてから一〇〇年を迎えたことを

ドライブイン横の駐車場に立つ
子規の句碑

紅葉の美しい大滝

記念して、平成五年八月六日、東根文学会によって建立された。

　その傍らに明治三十年九月と十月の二度にわたって関山峠を越えた国木田独歩の『関山越』の一節「雨のうちに羽前の国を過ぎて、その夜遅く関山絶頂の宿に泊った」を刻んだ文学碑、また明治三十九年九月に関山峠を越えた長塚節の『旅の日記』の一節「洞門は闇くして且つ恐ろしく長い。洞門を出るとそこは豁然として壮大な出羽国が展開する」を刻んだ文学碑が並んで立っている。この関山峠越えは、文学者に強い印象を与えた所であった。

　大滝を過ぎると、次第に空が開け、子規は黙々と悪路を下駄を鳴らしながら歩き、

　ほろ〳〵と谷にこぼるゝいちごかな

　山を出てはじめて高し雲の峰

　山里や秋を隣に麦をこぐ

などと詠み、また、

　木のもとにふんどし洗ふ涼み哉

の句もある。子規は小川で洗った褌を木に吊して、乾く間を木陰で涼む情景を詠んだものである。おかしさが感じられる。

　関山街道を下ると、山里には人家が二、三軒建ち、莨（たばこ）畑に沿って歩くと、まもなく新田集落の追分（おいわけ）

（東根市）となり、「天童楯岡追分の茶屋にて」と詞書を付した句に、

　掛茶屋に風追分のすゞみ哉

があり、他に、

　我はまた山を出羽の初夏祭
　鶯の啼く木の下や真桑瓜（まくわうり）
　真桑瓜見かけてやすむ床几（しょうぎ）哉

などの紀行句がある。

　山形県での第一夜は楯岡で

子規は真桑瓜を茶屋の老婆に切ってもらい、それを頬張りながら道案内を請うた。「路二筋に分るゝ処即ち天童楯岡の追分なり」とあり、この追分の所で右は東根（ひがしね）街道（県道29号線）で楯岡へ行き、左は関山街道（国道13号線）である。関山街道を進むと、天童（天童市）を経て山寺（立石寺・山形市）に達する。

　子規は道を右にとって東根街道を進んだ。子規は芭蕉を追い掛けているはずなのに、何故山寺に行かなかったのか、という疑問が沸く。自己の体力を知っていたからか、それとも〈閑（しずか）さや岩にしみ入蝉の声〉の心境でもなかったのか。

関山街道の路傍には、不動尊像や湯殿山の三字を刻む碑が立ち、一面に萱畑が広がっていた。しばらくして、白水川を渡ろうとして河原に降りると、鴉二百羽が憩うのを見て、

……此河原に六、七十羽の鴉下り居て羽を夕日に晒せば西の方東根村のあたりより労れたる翼ゆる〳〵つかひながら森づたひに低く飛び来る一むれ〳〵の鴉は皆こゝに来り大勢の中に打ちまじりて憩ふが如し。立ちならびたる傍の鴉を見かへりて何をか語るは今日の獲物を誇るにやあらん。小石ふみすべらしながらたど〳〵と水の際まで歩みて水を飲むは喉を濡ほして昼の熱さを洗ひさるなるべし。しばしながむる内二百羽にも余りつらんと覚しく翼うち触れて川原おもても狭く見ゆる程に始めより居たるは少しづつ川を離れて次第に草むらの中に退き、はては五羽六羽と思ひ〳〵に飛びむれて向ふの山もとをめぐるは夕靄がくれおのが塒にいそぎ行くめり。折ふし車引きて帰る賤の女に聞けばこゝは鴉の寄り処にして毎晩斯の如しとぞ。橋あり。烏鵲橋と名づけたり。

と記している。このあたりは、昔から鴉の溜まり場といわれ、橋の名を烏鵲橋と名付けられている。ここで二百余羽の群鴉に見とれて、貴重な夕方の時間を費やしているのは、無邪気な子規なのか、それとも過労の子規なのか、そのいずれでもあったのだろう。

現在、白水川に架かる鉄筋コンクリート造りの鵲橋があり、橋畔に最上三十三観音第十九番札所の黒鳥観音（東根市東根）が建っている。やがて明治四十三年に開湯した東根温泉街（東根市温泉町）が

あり、温泉街の一隅に建つ成田神社境内に昭和三十五年八月に建てられた子規の句碑が立ち、

雲にぬれて関山越せば袖涼し

と、作並温泉の岩松旅館を出立する際に詠んだ句が刻まれている。だが、文字の彫りが浅く、読み悪い句碑である。

東根を通り過ぎた子規は、やがて羽州街道（県道120号線）に出て北上した。この街道は、芭蕉と曾良とが元禄二年（一六八九）五月二十七日、尾花沢の俳人鈴木清風（せいふう）の勤めで、立

成田神社境内に立つ子規の句碑

白水川に架かる鵲橋

石寺へ馬仕立で通っている。ここで、再び子規は芭蕉の跡を踏んだ。

東根あたりから一里程で星の燦めく頃に楯岡（村山市）に到着し、旅装を解いた。今日は作並温泉から県境の関山峠を越え、楯岡まで約十里（約40キロ）の行程を下駄を履いて歩いているのは、まさに無暴という他はない。子規の健脚ぶりには本当に驚いたが、この無理は病後の身体に障らなかったか。子規の宿泊した旅館について、

いかめしき旅店ながら鉄砲風呂の火の上に自在を懸けて大なる缶子をつるしたるさまなど鄙びておもしろし。

と記している。山形県における第一夜は、本陣風のなかなか立派な旅館で、鉄製の筒を木桶の中に装置して火を焚く据え風呂や、囲炉裏に掛けた自在鈎の鄙びた興趣で、旅愁を慰めてくれた。往時、楯岡には三十軒程の旅館があったというが、子規の投宿した旅館がどこにあったかは不明である。

なお、村山市楯岡東沢の東沢バラ公園内の東沢溜池畔の小高い丘上に、子規が楯岡に宿泊してから八五周年を記念して、昭和五十三年八月六日、村山市芸術文化協議会・観光協会の手によって建立された子規の文学碑がある。碑面には、

東根を過ぎて羽州街道に出でし頃は　はや久栄山に収まりて星光燦然たり

夕雲にちらりと涼し一つ星

楯岡に一泊す　いかめしき旅店ながら鉄砲風呂の火の上に自在を懸けて大なる缶子をつるしたるさまなど鄙びておもしろし
七日　晴れて熱し　殊に前日の疲れ全く直らねば歩行困難を感ず

何やらの花さきにけり瓜の花
賤（しづ）が家の物干ひくし花葵（はなあおい）

と『はて知らずの記』の一節が刻まれている。そして、裏面には「この碑文は、明治二十六年二十七歳の子規が、奥羽行脚の折の紀行文『はて知らずの記』に書かれた村山市楯岡に泊ったときの一節である。このたび、その明治の文豪の足跡を本県における文化的遺産として後世に伝えるため、村山市がこの碑を建立したものである」と、歌人結城健三が記している。この園はバラ園として有名である。

東沢バラ公園内に立つ子規の文学碑

八月七日　疲労困憊のなかを大石田へ

この日、朝から晴れて暑かった。子規は昨日の徒歩で疲れ果てていたが、楯岡の旅館から叔父大原恒徳宛に書簡を送った。その内容は、

扨(さて)私去る頃申上候通り奥羽漫遊に出掛候へども兎角にはかどりかねやう〳〵昨夜当地着仕候　これより羽後の象潟を一見致し候上盛岡にいで再び汽車にて帰京する積り二御坐候　旅行少々病気にかゝり養生旁仙台にハ一週間許り滞在仕候　病気と申しても別に何病といふでもなく只々身体疲労して朝も昼も夜も無闇に眠たき許りにて隔日位にハ午睡もいたし大に体力を養ひ候処甚だ健壮に相なり仙台を出て二日許り山路を辿り現に昨日ハ下駄ばきにて九里余之道をありき候へども足こそたるけれからだにハ申分無御坐候　併し途中用心して日中ハ茶屋にやすみさなくとも二里三里許行けバ必ず一時間許休息する事に定居候

○例之通リ恐入候へども今月末迄に十円丈宿許（根岸）宛にて御送付被下間敷候や　途中仙台滞在抔(など)の為余計之費用を要し為に本月分月給の内より十円丈前借致し候次第に御坐候　他の健壮書生の話をきけば一日三十銭にてすむ抔ト申候へども私のハどうしても五十銭ハ要し候故太(はなは)た閉口致し候

　やすミ〱の茶代馬鹿にならぬものに御坐候　先ハ用事迄出立之際大略恐惶謹言

とある。そして「今日は最上川の船にのるつもりに御坐候」と追書している。旅行中の身体の具合の報告と旅費の無心であった。

　子規は宿賃の他に酒一本も飲まないから金はあまり使わないはずであるが、時々路傍の茶屋に休んだ時、大食漢であったから、存外に金を使うようなことになったのだろう。

　この日のうちに最上川を下ろうとして楯岡を出立した子規は、芭蕉らが山寺から引き返して大石田（北村山郡大石田町）へ向かった羽州街道（県道１２０号線）を北上した。だが、昨日の関山峠越えのため疲労がとれず、そのうえ炎暑が加わって歩くことが困難であった。それでも途中で、

　　何やらの花咲きにけり瓜の皮
　　賤が家の物干ひくし花葵

などの句を作っている。

　村山市本飯田から旧羽州街道（県道１２０号線）を北上すると、まもなく東側に市立袖崎小学校があり、狭い校庭内に〈何やらの……〉の句碑が立っている。この句碑は平成三年十月に正岡子規句碑建立有志一同によって建立された。裏面には「正岡子規と袖崎」と題し、歌人結城健三の『正岡子規の文学碑』よりの抄録が刻まれている。なお、このあたりの街道は「そば街道」とも呼ばれ、街道沿

いにそばの名店が建ち並んでいる。

子規は楯岡から三里程の距離を半日を費やして、正午頃に大石田に着いた。

最上川に沿ふたる一村落にして昔より川船の出し場と見えたり。船便は朝なりといふこゝに宿る。

と記している。子規はここから酒田へ川船で最上川を下ろうとしたが、川船は朝一度だけしか出航していなかったので、大石田に一泊することにした。

子規は大石田について「一村落」と記しているが、大石田は最上川の右岸に位置する水駅として繁栄した町である。江戸時代、最上川船運は唯一の交通機関であり、大石田から酒田までの船運が活発となって、大石田河岸の役割が重要となった。船運は出羽諸藩の年貢米の輸送路として開発され、同時に京・大坂に紅花や青苧など出羽の特産物を運び、塩・木綿・海産物などの生活必需品が入ってくる流通路として発展した。大石田は最上川船運の一大中継河岸として機能

村山市立袖崎小学校校庭内に立つ子規の句碑

し、元禄時代には最上川に就航していた船は、大石田船二百九十余艘、酒田船二百五十余艘を数えた。そして寛政四年（一七九二）から大石田が天領となり、幕府に直轄されたのを契機に川船役所が設置されて、飛躍的な繁栄をもたらした。子規が大石田を訪れた時は、まだ奥羽線（明治三十六年に開通）が未開通であったので、大小の船舶が輻輳（ふくそう）していたのに違いない。

子規は船便が明日の朝の出航とわかると、ただちに旅館に入っているが、これも疲労のためであろう。大石田の半日は訪れる人もなく、語らう人もなく、ほんとうに淋しい半日であった。旅館において、

蚊の声にらんぷの暗き宿屋（はたご）哉
瘧（おこり）落ちて足ふみのばす蚊帳哉
はたごやに林檎くふなり蚊帳の中
ずんぐ〱と夏を流すや最上川
涼しさの一筋流し最上川

大石田河岸跡と最上川

などの句を残している。特に〈蚊の声に……〉は、芭蕉の〈蚤虱馬の尿する枕許〉とともに旅人の恬淡さがよく現われている。

子規は所持金が少なかったためか、上等の旅館に泊まれなかったことが、これらの句に滲み出でいる。子規はランプのほの暗い部屋で、蚊の声を聞きながら眠りについたのであろう。なお、子規が泊まった旅館について、地元の歌人板垣家子夫の『子規大石田旅館考』によれば、「大石田入口から半町足らずの、船着場に行く川端の町内に入る曲がり角手前二軒目にあたる『最上家』である」と推定している。

芭蕉と大石田

芭蕉と曾良は元禄二年（一六八九）五月二十八日、山寺（立石寺）から引き返して大石田に到着し、最上川畔の船持荷問屋で俳人の高野一栄（平右衛門）邸に迎えられて、旅装を解いた。ちょうど五月雨の季節であり、最上川は満々と水量を湛え、広々とした川面を渡る涼風が吹き込む邸内で、一栄が催する句筵興行の際、芭蕉が亭主に挨拶の意を含めた表発句に、

五月雨をあつめて涼し最上川　　芭蕉

と詠んだ。両岸の青葉を映して滔々と流れる最上川の眺望として、この「涼し」の句も、また捨て難く思われる。

芭蕉は大石田での素朴であるが篤い心尽しに、非常にご満悦であった。大石田を出立の際、『おくのほそ道』に、

　最上川のらんと、大石田と云所に日和を待。

とある。そこで芭蕉らが大石田から乗船して最上川を下ったと思われていたので、子規もこれに従って、ここから最上川を下ろうとしていたのである。だが、昭和十八年に発見された曾良の『随行日記』には、

　六月朔　大石田を立。辰刻、一栄・川水、阿弥陀堂迄送ル。
　馬弐匹、舟形迄送ル。……

とあり、陸路を馬に乗って舟形を経て、新庄の渋谷風流を訪れ、本合海から乗船したことが明らかにされた。子規は『随行日記』の存在を知らなかったので、『おくのほそ道』の文を信じて、大石田から乗船したのである。

なお、戦時中に大石田に疎開していた斎藤茂吉は昭和二十四年に刊行した歌集『白き山』の後記に、

　大石田も尾花沢もまことによいところである。それに元禄の芭蕉を念中に有つといよいよなつかしいところである。『最上川』一巻が無事現存してゐるし、又曾良の随行日記が発見せられたため

高野一栄邸内に立つ歌仙碑

に、芭蕉の行動も一段と明らかになったが、芭蕉は大石田から乗船せず、猿羽根越をして舟形に出たのであったが、その猿羽根越も明治に出来た新道になったのであるから、山間の渓谷を縫い、峰を伝わって二人の乗った馬を馬子が導いたのであっただらう。さうして頂上に到ったとき、眼下に最上川の大きいうねりを見、葉山、月山の三貌の相並ぶさまを見た時にも芭蕉もおのづと讃歎の声をあげたに相違ない。しかし芭蕉はこゝでは句作をしなかったやうである。

と、芭蕉らの行動を記している。

川船役所跡から通りをやや北東へ進み、すぐに左へ入った突き当たりに、浄土宗の大石山乗船寺（大石田町愛宕）がある。本堂左横の樹林の中に、昭和四十二年八月に歌人板垣家子夫によって建立された、

　ずんずんと夏を流すや最上川　　子規

と刻んだ子規の句碑がある。句碑の左上に子規の肖像を彫り込んだ珍しい碑である。

乗船寺境内に立つ子規の句碑

この句は、自然を前にしてなんらの屈託もなく大まかに詠んでいるところに価値があり、大河の流れの如くにぐいぐいと迫ってくる力のこもったものである。

子規の句碑の右横に斎藤茂吉の歌碑があり、歌集『白い山』の絶唱とされる、

最上川逆白波(さかしらなみ)のたつまでにふゞくゆふべとなりにけるかも　茂吉

が刻まれている。また、本堂右手に昭和四十八年八月に建てられた斎藤茂吉の墓がある。茂吉の墓は東京都港区の都立青山霊園、誕生地の山形県上山市金瓶の宝泉寺につぐ、第三の墓である。正面に長男茂太筆で「斎藤茂吉の墓」とあり、脇には銅板を嵌め込んだ副碑がある。碑文は門人板垣家子夫撰で、「斎藤茂吉は昭和二十年四月郷里山形に疎開したが門人板垣家子夫の慫慂により翌年一月大石田二藤部兵右衛門邸の離屋に移り聴禽書屋と名づけてここに安住し日夜作歌に専念した。かくして最上川を詠んで、虹の断片、逆白波等の名歌が生れた。昭和二十二年十一月茂吉は大石田を去るがこの二年間の茂吉と大石田の関係を永久に記念するため茂吉長男斎藤茂太の賛意を得て、板垣家子夫は子等と共にここに茂吉の墓を建立した。……大石田の墓は茂吉晩年の作歌生活ともっとも密接に結びついたものであるから、茂吉の霊はさだめしよろこび鎮まるであろう。これを思ひ門人われら本懐これにすぐるものはない」と、大石田での師弟との深い温情が刻まれている。

八月八日　最上川を下って古口で一泊

この日、暦の上で立秋にあたっていた。子規は最上川を下るため、大石田河岸の船着場から乗船した。子規らが乗った川船は小鵜飼（こうかい）船といわれ、明治時代以降に主として用いられたもので、乗船客の他に米三十俵から百五十俵を積むことができた。

……乗合（のりあ）ひ十余人多くは商人にして結髪（けっぱつ）の人亦少（またすくな）からず。舟大石田を発すれば両岸漸く走りて杉深き木立、家たてるつゝみなど蓬窓（ほうそう）次第に面目を改むるを見てか見ずにか乗合の話声かしまし。

と記している。旅商人や髪結の者が同船していたが、彼らの饒舌の言葉訛が判らない子規には、ただ騒々しさより何の興味もなかったので、唯一人舷（ふなばた）から水中に足を浸して、両岸の風景に見惚れていると、次第によもぎの生い茂った粗末な家々が望まれた。船中で、

すゞしさや足ぶらさげる水の中
旅人や秋立つ船の最上川
旅の秋立つや最上の船の中
蜩（ひぐらし）や乗合舟のかしましさ

鶺鴒の見えそめてより山けはし

筵帆の風に暑さの残りけり

秋立つや出羽商人のもやひ船

などの句を詠み、また鮎貝槐園の影響か、

草枕夢路かさねて最上川ゆくへもしらず秋立ちにけり

と短歌も詠んでいる。

子規は船中で立秋を迎えているが、啼き立てる蜩に、筵帆の風に哀愁の思いが湧き上がって、胸にうずいてくる。旅人子規の孤影はあまりにも寂しさが滲み出ている。

川船は曲がりくねる川の流れに沿って進み、正午頃に烏川（最上郡大蔵村）の船着場に到着した。烏川は西南岸を北流して最上川と合流する所である。乗船客の四、五人が下船したが、まだ五、六人を残すので、その理解できない方言を含むおしゃべりは、まだまだ続いて子規を辟易させた。やがて川船は本合海（新庄市本合海）に近づくと、子規は船首に佇んで四方の風景を見ていた。そして、

溯り来る舟幾艘綱を引きて岸上を行く恰も蟻の歩みつれたるさま逆流に処するの困難想ふべし。

と記している。江戸時代には川船に綱をつけて川岸を上流へ曳いている人足の姿を思い浮かべていた。

川船は本合海の船着場に着き、乗り合い者は四人となった。本合海周辺は、新田川と最上川とが複

雑な地形に曲げられて、ともに大きくS字型に蛇行しながら合流している。このあたりの最上川は満々と水を湛え、まるで湖のようである。最上川が文学に描かれた歴史は古く、『古今集』（巻二）の東歌に、

最上川のぼればくだる稲舟のいなにはあらずこの月ばかり

と詠まれ、以来みちのくの歌枕として多くの歌人にうたわれることになった。

最上川落ちくる滝の白糸は山のまゆよりくるにぞありける　源重之

強く引く綱手と見せよ最上川その稲舟のいかりおろさで　西行法師

最上川早くぞまさる天雲の昇ればくだる五月雨の頃　兼好法師

などがあり、最上川は山形県内における歌枕の筆頭である。

本合海を過ぎたあたりで、子規の乗る川船に、小舟を操った村娘三人が皿に載せた草餅を売りに漕ぎつけて、ひなびた歌などを唄ってもてなし、売り尽すと漕ぎ去った。夕方近くに古口（ふるくち）（最上郡戸沢村）の船着場に到着すると、「下流難所あれば夜舟危し」という船頭の言葉で、四人は下船してむさくるしい旅館具足屋で同宿した。宿で、

初秋に大事がらるる宿り哉

と詠んでいる。子規が東京から来た旅人として珍しがられて、東京のことなどを語り聞かせて夜を

更かしている。この句から一人旅の子規にとっては楽しかったことが、容易に理解できる。

現在、古口は観光船の乗船場になっているが、往昔は出羽三山の参拝口として賑わった所といわれ、「古口」という地名はそのことに起因した名称の名残りらしい。また、江戸時代には新庄藩戸沢家の舟番所、すなわち川の関所であった。今も舟番所の建物が残っている。乗船場近くに、

朝霧や船頭うたふ最上川

と刻まれた子規の句碑があり、昭和三十一年九月に建立された。この句は、最上川下りの際に聞く最上川舟唄を思い出している。子規の最上川を詠んだ句の中で、句碑にするだけあって、いちばんよい句だが、この句は『はて知らずの記』や、明治二十六年の『寒山落木』には載せられていない。探してみると、明治二十九年の『寒山落木』に収められている。奥羽行脚の三年後の作であり、旅の回想

古口の乗船場近くに立つ子規の句碑

の句であって、その場所での写実の句ではない。時を経て、印象が整理された結果によって、作られた句である。

芭蕉の最上川乗船の場

一方、芭蕉と曾良とは元禄二年（一六八九）六月三日、ここ本合海の船着場から最上川下りの川船に乗った。曾良の『随行日記』によれば、新庄の渋谷風流（甚兵衛）と大石田の高野一栄からの紹介状を持って、本合海から乗船した。この時、二人の禅僧が同船した。古口に着き、それから船問屋の平七へまた渋谷の紹介状を出して頼み、別の川船に乗って清川で下船した。最上川の著名度を一般に広く知らしめたのは、芭蕉の『おくのほそ道』によるものである。

芭蕉らが乗船した本合海の船着場は、旧本合海大橋畔下にあったという。最上川を眼下に望む崖上に、昭和三十六年六月に「史蹟芭蕉乗船の場」の標柱が建てられ、傍らに平成元年七月に建てられた陶製の芭蕉・曾良の旅姿像がある。その

本合海船着場跡の芭蕉・曾良の旅姿

向かいに、

　五月雨をあつめて早し最上川　　芭蕉

の句碑が立っている。裏面には「蕉風俳諧　一路庵白丹謹書本合海エコロジー建立　昭和六十一年十月吉日」と刻まれている。

　芭蕉らは小型の小鵜飼舟で出航し、本合海からすぐに西（下流）へ曲がって、蔵岡（最上部戸沢村）の黒淵でいったん北へ向かった後、真柄（戸沢村）で左折し、一里半ほどで古口河岸（戸沢村）に着く。もっとも、現在は本合海に船着場はなく、最上川舟下りの観光船の乗り場は古口である。

本合海船着場跡に立つ芭蕉の句碑

八月九日　最上川を下って、清川・酒田へ

最上川の奇景

古口の旅館具足屋で一夜を明かした子規は「暁霧濛々（ぎょうむもうもう）、夜未だ明け」ないうちに、乗船して船出を待つ間に、

朝霧に舟かかりゐる裏戸口
瀬の音や霧に明け行く最上川

と詠んでいる。

最上川が出羽丘陵を横断して造る峡谷が、この古口から始まり清川（きよかわ）まで続いている。左右から350メートル程の切り立った断崖が連続して迫っているので、俗に最上峡（もがみきょう）とか山の内と称され、明治十二年に磐根新道（現・鶴岡街道、国道47号線）が開通するまでは陸路はなく、最上と庄内との交通は水運によるのみであった。この峡谷は夏季の間、霧深いのが特徴で、朝霧が静かに垂れていた。船出を待つ子規の旅愁を包んだことであろう。

川船が古口船着場を出航すると、子規の眼前には、

> 古口より下一二里の間山峡にして水急なり。雲霧繚繞して翠色模糊たるのあはひ〳〵より落つる幾条の小爆隠現出没数を知らず。……

の光景が展開している。子規が松島についで興奮している。そして、

> 曾て舟して木曽川を下る、潜かに以て最奇景となす。然れども之を最上に比するに終に此幽邃峻奥の趣に乏しきなり。

とまで言っている。最上の名は子規にとっては、あるいは最上を意味したのではないだろうか。子規は明治二十四年六月、木曽路行脚の際の紀行文『かけはしの記』が、それをよく教えてくれる。

一方、元禄二年（一六八九）六月三日、芭蕉が本合海から乗船して最上川下りをした際、このあたりの情景を『おくのほそ道』では、

> 最上川は、みちのくより出て、山形を水上とす。ごてん・はやぶさなど云おそろしき難所有。板敷山の北を流て、果は酒田の海に入。左右山覆ひ、茂みの中に船を下す。是に稲つみたるをや、いな船といふならし。白糸の滝は青葉の隙〳〵に落て、仙人堂、岸に臨て立。水みなぎつて舟あやうし。
>
> 五月雨をあつめて早し最上川

と簡潔に記している。

最上川は富士川・球磨川とともに日本三大急流の一つであるが、このあたりの流れは芭蕉の「水み

なぎって舟あやうし」というように、特に激しい流れかどうか意見のあるところである。荻原井泉水の『奥の細道ノート』には「曾良の日記に依ると此の数日来、時々、小雨の降ることがあつたが、五月雨が降りつゞいていた訳ではない。最上川が連日の霖雨（りんう）の為に水量を増していたとも思われない。『ごてん、はやぶさなど云ふ、おそろしき難所あり』というのは、最上川の上流の山形に近い所であつて、芭蕉が舟に乗つたあたりではない。私も船に乗つてみたのだが、合海、古口から清川までは、甚だ緩流であつて、『船あやうし』などいうことは先ずあるまい。これは次の句を生かすための修辞的に誇張して書いたものだろう。この日、晴天であつたことも、曾良の日記でわかる」と記している。

芭蕉の乗船したのは梅雨明けとはいっても、まだ最上川の水量が衰えず、渦をなす程の水嵩（みずかさ）があったとも思われ、濁流が漲（みなぎ）っている時は見た目より流れは早いから、この濁流に乗って「船あやうし」の感動を得たのであろう。たとえ芭蕉に文学的誇張があったとして、ここでの実体験が大石田の高野一栄邸の歌仙での「あつめて涼し」を、「あつめて早し」と改作したのであろう。芭蕉の実体験が見

最上川の緩やかな流れと遊覧船

事な秀句に変えたのである。

なお、子規は『仰臥漫録』の明治三十四年九月二十三日の条に、

五月雨をあつめて早し最上川　　芭蕉

この句俳句を知らぬ内より大きな盛んな句のやうに思ふたので今日まで古今有数の句とばかり信じて居た　今日ふとこの句を思ひ出してつくづくと考へて見ると「あつめて」といふ語はたくみがあつて甚だ面白くない　それから見ると

五月雨や大河を前に家二軒　　蕪村

といふ句は遥かに進歩して居る

と書き、芭蕉の「五月雨を……」の句を批評している。

最上川の左右には峨々たる山々が急斜して川岸に迫り、川筋はやや西北に向かい大外川から小外川にかけて曲がると、右手に仙人堂が見える。仙人堂は外川仙人神社とも称し、源義経の家臣常陸坊海尊（かいそん）（もと圓城寺の学僧）を祀ると伝えられ、古くから舟衆の守り神、また出羽三山詣の道者の道中安全を守る神として信仰を集めた。さらに2キロ程下流の右手の岸壁から一筋の滝が落ちているのが、「最上四十八滝」随一の白糸の滝（全長120メートル余）である。この滝も歌枕となっていて、『夫

下集』に源重之（しげゆき）の詠んだ、

最上川滝の白糸くる人のここに寄らぬはあらじとぞ思ふ

最上河落まふ滝の白糸は山のほゆよりくるにぞ有ける

がある。子規も、

立ちこめて尾上（おのえ）もわかぬ暁（あかつき）の霧より落つる白糸の滝

朝霧や四十八滝下り船

と、短歌と俳句とで詠んでいる。

最上川に沿った鶴岡街道（国道47号線）を清川方面へ向かって進むと、対岸に白糸の滝を望む所にドライブインがあり、すぐ西側の草薙温泉（最上郡戸沢村草薙）がある。ここの清水旅館裏に明治十四年、明治天皇の東北巡幸の記念碑があり、その傍らに子規自筆の〈朝霧や四十八滝下り船〉を刻んだ句碑が立っている。古口に立つ〈朝

歌枕となった白糸の滝

霧や……〉と同じく昭和三十一年九月、子規五十五年忌に建立されたものである。句碑から白糸の滝が眼前に望まれる。

白糸の滝を過ぎて最上峡を抜けると、庄内平野の入口となる清川（東田川郡庄内町）に到着する。古口から清川までは、約14キロの船旅であった。清川について、

……漸くにして清川に達す。舟を捨てゝ陸に上る。河辺杉木立深うして良材に富む。此処戊辰戦争の故蹟なりと聞きて、

蜩の二十五年も昔かな

と記している。

白糸の滝が望まれる所に立つ子規の句碑

川船が清川船着場に近づくと、遥かに戊辰戦争の古戦場として知られる御殿林が望まれ、月山に源を発す立谷沢川が清川口で最上川に合流している。往昔、清川は水駅と陸駅とを兼ね、江戸時代に鶴岡藩主酒井家が庄内に入る水陸の関所を設けた所である。また『義経記』に「此の清河と云ふのは、羽黒権現の御手洗で、月山の山上から北の腰に流れ落つるので、熊野にはいはた河（音無川の誤）、羽黒は清河とて

共に流れ清き名水なり」とあり、羽黒山の参詣者が手を洗う潔斎所で、大いに賑わった所であった。

現在、清川といえば、尊皇攘夷の魁となった志士清川八郎正明の出生地として知られ、この地に昭和八年に清河を祭神として清河神社が創建された。清河は文久三年（一八六三）四月十三日、江戸麻布の出羽国上山藩邸に金子与三郎の招きに応じ、それに陰謀のあるのを知る由もなかったが、その帰途に麻布一ノ橋で刺客佐々木只三郎・速見又四郎らに襲撃され、空しく回天の大事業を見ずに散った。三十三歳だった。町内の古刹歓喜寺に八郎と獄中で没した妻お蓮、八郎の実弟熊次郎の墓がある。

清河神社境内に清河の銅像、生前の遺墨を蔵する清川八郎記念館がある。神社背後一帯の老杉を御殿林といい、立谷沢川対岸の腹巻岩とともに明治維新時の戊辰戦争の古戦場である。慶応四年（一八六八）、総督府（奥羽鎮撫総督九条道孝）は、鶴岡藩追討を布令し、副総督沢為量・参謀大山格之助（薩摩藩士）の率いる新政府軍は四月十四日、岩沼を出発して笹谷峠—山形—天童—尾花沢—新庄—本合海を経て、二十四日未明に土湯に上陸し、早朝に清河腹巻岩を占拠した。ただちに新政府軍は腹巻岩上から清川村に布陣していた鶴岡藩軍に対して攻撃を開始した。これに対して鶴岡藩軍は、かねてから攻撃してくることを察知し、総大将松平甚三郎、士大将水野弥兵衛がただちに御殿林から応戦した。緒戦において新政府軍の急襲に苦戦したが、午後になると鶴岡藩の援軍が到着し、奇襲戦法なども功を奏して、戦況は逆転した。午後三時頃、鶴岡藩軍は腹巻岩の要地を奪還したので、新政府軍は退却した。この激戦の結果、鶴岡藩軍の戦死者は十三名、負傷者は十八名であり、新政府軍戦死者十二名、負傷者五十余名といわれた。古戦場に立った子規は戊辰戦争から四半世紀を過ぎたことを偲んで、

　　蜩の二十五年も昔かな

と詠んだ。昭和四十七年七月、御殿林内に「史跡　荘内戊辰の役清川口古戦場　御殿林」や『はてしらずの記』の一節と、〈蜩の……〉の句を刻んだ句碑が立てられた。

　すぐ近くに清川小学校があり、この校庭の一隅が清川関所跡で、中央に藩主が参勤交代の際に宿舎とした「御殿」が建ち、その周囲に杉が植えられて、御殿林と呼ばれた。小学校裏門の最上川寄りの庭に「芭蕉上陸之地」の標石、その右側に昭和三十一年秋に建立された大きな自然石に陽刻の銅版を嵌め込んだ芭蕉句碑があり、碑面に、

　　五月雨をあつめて早し最上川　　芭蕉

と、俳人加藤楸邨の揮毫で刻まれ、その右

御殿林内に立つ子規の句碑

下に「清川史跡　清川関所跡　芭蕉荘内上陸地」とある。その傍らに、奥の細道紀行三〇〇年記念に建立された芭蕉像がある。

清川で上陸し酒田へ

子規は清川から陸路を酒田へ向かった。狩川（東田川郡庄内町）から清川街道（国道47号線）を福島―南野新田―廻舘―余目―常万を過ぎて、新堀で最上川を渡るコースを採った。一方、芭蕉と曾良とは、狩川から手向街道を南下して羽黒山・月山・湯殿山の出羽三山に詣でて鶴岡へ赴いた。

子規は道中の茶屋で休憩したが、「茶も湯も無しといふ。風俗の質素なること知るべし」と、この地方の簡素な生活に驚いている。また『はて知らずの記』〈草稿〉に、「此辺茶屋総て茶も湯も蓄へず東田川村（郡）大和村大字南野字北浦四十三番地秋庭鶴蔵方小憩（家婦一人）」と詳しく書き残し、ここで、

桃くふや羽黒の山を前にして

と詠んでいる。遥か南方の羽黒山と、それを極めた芭蕉に思いを馳せたからであろう。

子規は出羽三山にも立ち寄らず、直接酒田へ向かったのは、何故なのであろうか。芭蕉に景仰してその足跡を追った子規が、歩を山形県に印してから立石寺（山寺）や出羽三山のいずれも訪れないのは、納得できない。病身の子規にとって、出羽三山は無理としても、少なくとも山寺ぐらいは参詣してもよかったのではなかろうか。勘繰れば、子規は芭蕉の〈閑さや岩にしみ入蟬の声〉の神韻をいまだ解

するに至らなかったのではあるまいか、と思わざるを得なかった。

だが、子規の奥羽行脚は「松島の風、象潟の雨いつしかとは思ひながら」と書き起されているので、これは字義通りに松島と象潟とを直接に結ぶ最短コースを選択したため、それ以外を割愛したものと解するのが妥当のようである。

平成元年八月、南野バイパス（国道47号線）の開通の際、庄内町の指定天然記念物舟つなぎの松（東田川郡庄内町廻館上ノ沖地区）の傍らに、

桃くふや羽黒の山を前にして

の句碑が大和俳句会・廻館名木保存会の手によって建てられた。

さらに子規は清川街道を北上し、新堀の所で最上川を渡し船で渡って大宮（酒田市）にたどり着き、この時、

秋風の吹きひろげけり川の幅

と詠んでおり、日本海に注ぐ最上川河口の情景がよく表現されている。そして「限り

舟つなぎの松の傍らに立つ子規の句碑

なき葦原の中道」をたどって港町酒田に到着した。清川からの距離は五里余であった。

酒田は砂潟または酒田といわれ、文治五年（一一八九）、平泉の藤原氏滅亡の時、秀衡の妹徳尼公が三十六人の従士を連れて、この地に難を逃れて庵を結んだ。この三十六人衆がこの地に自治組織をつくって、本格的な町造りを始めたと伝えられている。慶長六年（一六〇一）八月、山形城主最上義光が酒田を攻略した際、豪商で町の自治にあたっていた三十六人衆は果敢に抵抗したが、町は焼き払われてしまった。このため三十六人衆は最上家に帰伏して、最上家の御用商人になったが、元和八年（一六二二）八月、最上家三代義俊が改易となった。そのあとに酒井忠勝が鶴岡（庄内）藩を立藩してこの地を収めたので、三十六人衆はそのままその制を継続した。

三十六人衆は最上川河口左岸の向酒田に廻船問屋を営み、町割をして住んで、自ら「長人」と称して町政を運営した。その後、河村瑞賢が幕府の命を受け、寛文十二年（一六七二）に大阪から瀬戸内海を経由し、日本海への西廻り航路を開発し、それを契機に重要な港として繁栄した。だが、三十六人衆の盛衰も激しく、貞享三年（一六八六）から幕末まで連綿と子孫がその職を継承したのは、わずか十家だという。

この三十六人衆に加わったのが本間家である。「本間様にも及びもないが、せめてなりたや殿様に」と謳われた本間家は、日本一の大地主の名を馳せていた。本間家は相模国愛甲郡本間村（神奈川県厚木市上依知（かみえち）の一帯）の出自で新潟を経て、永禄年間（一五五八～一五七〇）に酒田に移住し、元禄年間（一六八八～一七〇四）初期、初代久四郎原光（ともみつ）が本町に新潟屋を開店、諸雑貨品を商い、やがて三十六人衆に加わった。酒田港の隆盛期にあって、商業・金融・土地の事業を手掛けて豪商に成長し、諸大名にも融資を行なった。三代目の四郎三郎光丘（みつおか）は中興の祖といわれ、藩主酒田家にも財政援助によって、五百石取りの士分を許され、経営の刷新で屈指の大地主に飛躍した。現在も本間家本邸・本間美術館などがあり、他に十二棟の山居倉庫が残って、往事の酒田港の面影を伝えている。

酒田での行動

子規の酒田での行動ははっきりしていない。子規は夜になって、疲労を忘れて市街の

本間家本邸

酒田港の面影を伝える山居倉庫

散策に出掛けているが、あるいは道中で聞いた「名物は婦女の肌理細かなる処」との噂に誘われたものであろうか。そして、「紅燈緑酒客を招くの家数十戸檐をならぶ。毬燈高く見ゆる処にしたひ行けば翠松館といふ」とある。つまり遊郭街を見物し、松林の間に納涼をさせる翠松館がある。この館について「酒田翠松館」と前書し、

　　松の木に提灯さげて夕涼

　　夕涼み山に茶屋あり松もあり

と二句あり、さらに「東は家屋甍を並べ西は大海渺として際なし」と詞書を付け、

　　前後熱さ涼しさ半分づゝ

と詠んでいる。

この翠松館は、今日の日向山公園の西側の南新町あたりの松林続きの丘陵にあった料理屋であったという。「松林の間にいくつとなくさゝやかなる小屋を掛けて納涼の処とす」とあるから、このように推測できる。結城健三著の『子規の文学精神』の中で、「翠松館といふのは旅舎と思へず遊女屋のやうに思へて調べてみたら、下台町といふ日和山下の町に五十嵐という家があり、それが翠松館であつたのだが、今は営業はやつてゐない。昔は料理屋であつたといふ話である。こゝに子規は旅装を解いたやうであるが、紀行には宿つたことが書いてない」とある。もし、子規がここに泊まって、肌理

の細やかさを密かに確かめたとしたら、一つの挿話があってもいいと思われる。しかし、子規の泊まった旅館は、他であったようである。

子規の門弟河東碧梧桐は明治四十年（一九〇七）十月、『三千里』の旅で酒田に滞在し、子規の『はてしらずの記』の文章を引いた上で、次のように記している。

……最上川を渡る、とあるのは今の新堀という処の渡しで、まだ現在の両羽橋という大橋の架らぬ時分の渡船であつた。両羽橋は新堀から三十町ばかり下流にある。限りなき芦原はなおその面影を止めて、道の左右ただ茫々、すでに酒田の入口にありながら、町はいずこぞと疑わしめるほどである。が、果知らずの記当時に比べれば、順次田畑に墾（ひら）かれたらしい。蘆の中に、飛び飛び麦の萌えた畑や、黍殻（きびがら）を抜きとつた畝（うね）の跡などが見える。二十五年頃は二十七年の震災前で酒田の町が全盛を極めた時であつた。紅燈緑酒云々は恐らく船場町辺の遊郭であつたであろう。翠松館は翠松亭のことで、俗に弁当屋という。山王の松林を背ろにした旗亭（きてい）で、現存しておる。なお子規は宿を三浦屋というのにとつたらしい。これはこの地で第一流の旅館である。

この碧梧桐の『三千里』の中の一節は、酒田での子規の行動の解説になっていると同様に、明治末年の酒田の面影を今に伝え、貴重な記録である。酒田市内には子規に関する史跡は何も残っていないが、日和山公園内（酒田市日吉町1、2丁目）の松林の小径を光丘神社の展望台へ進む途次に、

鳥海にかたまる雲や秋日和

と刻まれた子規句碑が立っている。さらに光丘神社の展望台の傍らに、

最上川を渡り、限りなき蘆原の中道辿りて酒田に達す。名物は婦女の肌理細かなる処にありといふ。夜散歩して市街を見る。紅燈緑酒客を招くの家数十戸檐（のき）をならぶ。毬燈（きゅうとう）高く見ゆる処にしたひ行けば翠松館といふ。松林の間にいくつとなくさゝやかなる小屋を掛けて納涼の処とす。

夕涼み山に茶屋あり松もあり

と『はて知らずの記』の一節と句を刻んだ文学碑がある。句碑と文学碑とは、ともに昭和五十九年秋に建立されたものである。

出羽三山の参拝後、鶴岡を出て酒田へ

一方、元禄二年（一六八九）六月三日、清川の船着場で上陸した芭蕉と曾良とは、狩川（かりかわ）から手向（とうげ）街道（県道46号線）を南下して羽黒山へ向かい、南谷（なんこく）別院に七日間滞在して、月山（がっさん）・湯殿山（ゆどのさん）を参拝した。そして六月十日、南谷別院を出立して羽黒街道（県

日和山公園内に立つ子規の句碑

道47号線）を西進し、鶴岡藩酒井家十四万石の城下に着いた。ただちに禄高百石取りの鶴岡藩士長山五郎右衛門重行宅（鶴岡市山王町13）を訪れた。

そして六月十三日、重行らに見送られて、内川河岸から川船に乗って酒田湊へ向かい、夕方に酒田に着き、医師の伊東玄順宅（俳号は不玉、酒田市中町1―11）を訪れた。不玉は酒田俳壇の重鎮である。翌十四日、豪商で酒田湊の浦役人の寺島彦助宅（俳号は詮道、酒田市本町3―6）に招かれ、不玉を初め豪商の加賀屋藤右衛（俳号は任暁）・八幡源（右）衛門（俳号は扇風）・長崎一左衛門（俳号は定連）らの連衆が集まって、さっそく芭蕉の発句、

涼しさや海に入たる最上川　　芭蕉

で句筵興行が開催され、夜になって終わった。なお『おくのほそ道』執筆時には上五「涼しさや」を「暑き日を」と改作し、

暑き日を海に入たり最上川　　芭蕉

の名句となった。

日和山公園内にある子規の文学碑

翌日の六月十五日は朝から小雨が降っていたが、芭蕉は象潟（きさがた）の風景を、一日も早く見物したいという気持ちにせきたてられて、酒田を出立した。そして、象潟を見物後の六月十八日に再び酒田に戻り、豪商らと句筵興行を催し、くつろいだ日々を送った芭蕉は、六月二十五日に酒田を出立して、「おくのほそ道」の旅を続けた。芭蕉は酒田で延べ十一日間を過ごした。

市内に「おくのほそ道」に関する史跡があり、また日和山公園の入口には、平成元年九月に芭蕉の奥の細道三〇〇年記念として建てられた旅装の芭蕉像が立っている。傍らに、

　暑き日を海に入たりもがミ川　　芭蕉

と刻まれた芭蕉句碑と、この句碑の左後方に、

　温海山や吹うちかけてゆふ涼　　はせを

の大きな自然石の芭蕉句碑がある。さらに、南側園内の散策路の一角に、六月二十三日に近江屋三郎兵衛宅（酒田市本町2—13）に招かれた芭蕉が、即興の発句会を催された時に作った句を刻んだ句碑がある。

日和山公園は、庄内砂丘の頂上部の一帯である。江戸時代には、

芭蕉の〈暑き日を……〉を刻んだ句碑

酒田湊に出入する船頭が日和を眺めることから占晴台（ぼくせいだい）と呼ばれ、ここに登れば最上川河口から日本海の美しい風景が一望できる。この公園は昭和五十九年に市制五〇周年記念事業として文学の散歩道が整備され、園内には子規や芭蕉の句碑の他に、与謝蕪村・伊東不玉・吉田松陰・高山彦九郎・幸田露伴・田山花袋・野口雨情・若山牧水・斎藤茂吉・結城哀草果らの文学碑が、合わせて二十七基が点在している。

また、文化十年（一八一三）に建立された常夜灯（六角灯台）が公園頂上部に立ち、修景池（しゅうけいいけ）には縮尺二分の一の千石船が浮かび、繁栄した酒田の面影を偲ばせている。

修景池に浮かぶ千石船の模型

八月十日　吹浦・三崎峠を経て、大須郷へ

疲労困憊で砂塵道を吹浦へ

この日、子規は履き慣れた下駄を草鞋に替えて、酒田を出立して象潟へ向かった。出羽富士と呼ばれる海抜2230メートルの鳥海山が、真正面に聳えている。地上では立秋を過ぎたといっても、燃えるような残暑であったが、鳥海山の姿にはそれらを知らぬ風に涼しげであった。酒田の港から海辺の磯伝いの砂道（現・羽州浜街道、国道7号線）が吹浦（飽海郡遊佐町）まで約六里も続いている。このあたりは庄内砂丘といわれ、鳥取砂丘と並んで日本の二大砂丘の一つとなっている。往昔、荒天になると、日本海から吹きつける強い潮風が砂塵を舞い上げたので、飛砂によって多くの旅人が悩まされた。江戸後期の天明五年（一七八五）、儒医の橘南谿はこの砂上の道を通った時の旅日記『東遊記』に、

三月廿二日、出羽国酒田を朝とく起出でて、吹浦という里を心ざし行く。其間六里にして、路傍に人家なく、又田畑も見えず。左は大海、右に鳥海山にて、過ぐる所は渺々たる沙場なれば道路もさだかならず。此辺の人だに迷う故にや、其間三五十間程ずつに柱を建てて道の目印とせり。酒田より一二里も来ぬらんと思う頃より、北風強く吹起こり、沙の飛散る事おびただし。初の程は

彼印をたよりとし、又は人馬の足跡あるいは草鞋、馬の沓などのある方へ道をいそぎしか、次第に風吹つのりて沙を吹起こすにぞ、天地も真黒に成り目当の柱の見えざるのみか、我うしろに従い来たる養軒さえ見えわかねば、互いに声を合わせ手を携えて行く程に、後には前後をだにわきまえず。……されども風猶やまざれば、笠も何方へか吹散りぬ。雨は横ざまにふり、合羽は頭より上に舞上り、惣身ひたぬれにぬれて、其うくつらき事いひもつくすべからず。されど沙しずまりしゆえ、路にも迷わず、只急ぎにいそぐ程に、申の刻ばかりに吹浦へ着きぬ。

と、いかに荒天の際は難渋するかを記している。

だが、江戸後期に豪商本間四郎三郎光丘が私財を投じて、この一帯に砂防林として松を植えたので、松林が砂塵を防ぐとともに、周辺の漁民たちは松の落葉を拾って薪として活用したという。子規はこの松林の中を歩いて、

　鳥海にかたまる雲や秋日和
　木槿咲く土手の人馬や酒田道

などと、このあたりの情景を詠んでいる。

猛暑に疲労困憊の子規は我慢できず、荒瀬・遊佐を過ぎる頃、松林の中に建つ人家を見つけて休憩した。さらに子規は家々で自由に飲める冷水を所望しながら進むと、遊佐の西北40キロ程の海上に浮

かぶ孤島・飛島（とびしま）（酒田市）が望まれた。この一塊の飛島を除く天水茫々たる海を眺めた時は、しばしの猛暑も忘れた。

この頃になると、子規は財布の中味が乏しくなり、「出羽行脚の時銭嚢底淋しく行末覚束（おぼつか）なければ菓子喰ひたる茶屋には茶代おかぬ事にきはめて」と詞書を付け、

松風の価をねぎる残暑哉

と詠んでいる。金銭に対して恬淡（てんたん）であった子規ではあるが、余程身に沁む秋の風の冷めたさを感じたのであろう。これから行く先々に心を痛めている。

子規は吹浦に近づくと、海の中で馬を洗う男を見、肴籠を提げて帰途する女を目撃し、

夕されは吹く浦の沖のはてもなく入日（いりひ）にむれて白帆（しらほ）行くなり

夕陽（せきよう）に馬洗ひけり秋の海

と詠んでいるところから、吹浦に着いたのは夕方であった。子規は吹浦の海岸の道を歩かず、吹浦の町の手前から山道を進んで鳥海山登山口に建つ大物忌神社前（遊佐町吹浦）を歩いたのであろう。

蜩（ひぐらし）や森は夕陽の古社

鵙（もず）鳴くや雑木の中の古社

鵙鳴くや夕日に帰る松葉掻き

などと詠んでいる。もし、子規が鳥海山の西端が迫って海崖になっている海岸沿いの道を歩いていたならば、海中に伊勢国二見浦に似た大小二つの岩を注連縄が掛けられた「夫婦岩」、このやや北側に有名な「十六羅漢岩」がある。子規は紀行文中に、この「十六羅漢岩」については触れていない。

日本海の荒波が打ち寄せる自然石に二十二基の尊像が浮き彫りされ、日本海を背景に神秘的な雰囲気を醸し出している。その説明板には「現曹洞宗海禅寺　二十一代目の石川寛海大和尚が、日本海の荒波の打寄せる奇岩の連なる数百メートルに点綴して刻んだ、十六羅がある。奇岩怪岩に富ん

鳥海山登山口に建つ大物忌神社

十六羅漢岩

だこの岩石を利用して巧みに仏像二十二体を彫刻した和尚の努力と精進の程に敬虔の念を捧げます。又和尚は作仏発願以来喜捨金を酒田に托鉢し、一両を求めると一仏を刻し、元治元年より明治初年までの間石工と共に彫刻したのが羅漢像である。正面に釈迦・文珠(殊)・普賢の三尊と、その周囲に十六羅漢その他の仏像を配し全部半身仏である。像は岩形に応じその姿態を羅漢にしたのは自然の景観に一段の寄観を添え接する人々の庶民信仰を培う和尚の慈悲心の現れである」と書かれている。

また、田山花袋の紀行文集『草枕』の中の羽後の海岸で、「十六羅漢岩」について、

……砂山の相連れる間をたどれば、今まで見えざりし吹浦湾の奇景は一々眼前に現れ来りて、岩の聳ゆる、波の瓢(あが)れる、ことに鳥海山麓の小丘陵の長く蒼く海中に突出せる。われは思はず手を拍って快哉と叫びつ。

況んやその海岸の巨石には十六羅漢の像を刻し、絶海の端、或は岩洞の裡、巨人の姿は寂然として終古狂瀾怒濤に相対せるをや。われは岩を渡り、潮を踰えて、数町の間にその数を数ふること十一に及びたれど、しかも遂に其の余を発見すること能はざりき。思ふに、徒歩にしては到り難き絶海の巨岩あるなるべし。

と、格調高い筆致で鮮明に記している。

吹浦漁港を巻くように北側へ走る羽州浜街道(国道7号線)の路傍に、

あつミ山や吹浦かけて夕すゞみ　はせを

と刻んだ芭蕉句碑が立っている。昭和十五年八月に建てられたもので、揮毫は俳人・作家の矢田挿雲(そううん)である。羽州浜街道の背後にある展望台に登れば、日本海が一八〇度に渡って望まれ、園内に俳人佐藤漾人(ようじん)の〈吹浦も鳥海山の鳥曇〉と刻まれた句碑と、歌人斉藤勇の〈冬来れば母川回帰の本能に目覚めて愛(かな)し鮭のぼりくる〉と刻まれた歌碑がある。

芭蕉らは豪雨のため吹浦に一泊

元禄二年（一六八九）六月十五日、朝から小雨が降っていたが、芭蕉らは象潟の風景を一日も早く見物したいと心せきたてられて酒田を出立した。酒田の湊(みなと)から海辺の磯伝いの砂道を北上したが、吹浦の手前で天候が俄に一変し、渺々(びょうびょう)たる海原の潮風が砂塵を吹き上げ、そのうえに沛然(はいぜん)と降り出してきた豪雨はものすごく、折角の鳥海山も朦朧(もうろう)と雨に煙って隠れてしまった。『おくのほそ道』に、

……酒田の湊より東北の方(かた)、山を越(こえ)、

羽州浜街道の路傍に立つ芭蕉の句碑

礒を伝ひ、いさごをふみて其際十里、日影やゝかたぶく比、汐風真砂を吹上、雨朦朧として鳥海の山かくる。闇中に莫作(模索)して「雨も又奇也」とせば、雨後の晴　色又頼母敷と、蜑の苫屋に膝をいれて、雨の晴を待。

と記している。

天候の恢復を望めないとみた芭蕉らは、十里塚を通り過ぎ吹浦川を徒渡りして、昼頃に吹浦に着いて、ここに宿泊することにした。芭蕉らは吹浦の南側の宿町に泊まったようであるが、今はその跡は不明である。

三崎峠を越え、大須郷の一軒家

吹浦を通り抜けた子規は、炎暑の中を歩いて体力を消耗し、そのうえ足の痛みに堪えながら、羽州浜街道(国道7号線)をさらに北上した。これ以後、子規は紀行文にこのあたりの情景描写を記述していないが、湯ノ田―島崎―女鹿を経て、一・五里程で山形県と秋田県との県境三崎峠(遊佐町三崎)に達する。

三崎峠(三崎山・海抜70メートル)は、不動峠・大師峠・観音崎が海岸線に屹立し、鳥海山噴火の際の溶岩流の崖が海の浸蝕を受け、奇岩や怪石として連らなり、その険しさは羽州浜街道第一の難所であった。

　元禄二年（一六八九）六月十六日、芭蕉はこの三崎峠越えのことについて『おくのほそ道』には何の記述がないが、曾良の『随行日記』には「是ヨリ難所。馬足モ通レズ」と記している。そして、象潟を見物を終えた芭蕉は、二日後の六月十八日、再びこの峠道を越えて酒田へ戻った。

　明治九年（一八七六）、県令三島通庸（みちつね）が新道を開削した現在の羽州浜街道は、昔の道路より内側に改修した。往昔の三崎峠一帯は絶壁の海岸線に近かったが、現在は三崎公園として整備され、旧街道がタブ樹の群生林をぬうように残存し、石が畳状に敷かれている。園内の三崎灯台は日本海に浮かぶ飛島と相対峙し、眼下の懸崖の岸壁に打ち寄せる怒濤の風景は、実に壮観である。

　また、ここ三崎峠は古代の有耶無耶（うやむや）の関があった所と伝えられ、

　たのめこし人の心は通ふやと問ひても見ばやうやむやの関　土御門院

　東路のとやとや鳥の明ぼのにほととぎすなくむやむやの関　宗良親王

　陸奥の国思ひやるこそはるかなれとやや鳥のもやもやの関　源俊頼

三崎公園として整備された旧街道

など「うやむやの関」「むやむやの関」「もやもやの関」と詠まれた歌枕であったが、江戸時代にはすでに正確な場所は不明であったようである。なお、秋田県にかほ市象潟町関にも同じような伝えがあるが、真偽はわからない。

子規は山形県行脚の最後、三崎峠の難所を越えながら、

秋風や雲吹きわたる出羽の海

と詠んで秋田県に入った。

だが、子規は紀行文中にこのあたりの情景が記述されていないので、もしかすると、女鹿で羽州浜街道を右折し、山道を越えたとも考えられる。この山道を攀じ登るように進むと、頂上部が三崎峠であり、うら寂しい山道の中では何も書くことがなかったのであろう。

子規は一日中、炎暑の中を歩き続け、さらに歩く勇気がなくなり、大須郷（おおすごう）（秋田県にかほ市象潟町大須郷）の松原の中に建つ二軒屋のうち一軒に飛び込んだ。

行き暮れて大須郷に宿る。松の木の間（こま）の二軒家にしてあやし

晩秋の大須郷付近

き賤(しづ)の住居(すまい)なり。楼上より見渡せば　鳥海日の影を受けて東窓に当れり。

と記している。

子規はこの一軒家に飛び込んだことを後悔した。というのは三十歳代の女主人と、十三、四歳の少女の二人きりで、客は子規一人だった。安達ヶ原の鬼の棲家か、それとも博奕宿(とばくやど)のようであったので、夕飯だけは少し美味い物が食べたいが、この怪しげな家ではそれも望めないと、食道楽(くいどうらく)な子規の失望を窺うことができる。ところが、その懸念が無用の心配だった。

この時のことを『仰臥漫録』の明治三十四年九月十九日条に、思いがけず牡蠣の馳走に接した回想が記されている。

　奥羽行脚のとき鳥海山の横の方の何とかいふ処であつたが海岸の松原にある一軒家（『はてしらずの記』では二軒屋）にとまつたことがある　一日熱い路を歩行(ある)いて来たのでからだはくたびれきつて居る　この松原へ来たときには鳥海山の頂に僅に夕日が残つて居る自分だからとても次の駅まで行く勇気はない　止むを得ずこの怪しい一軒家に飛び込んだ　勿論一軒家といふても旅人宿の看板は掛けてあつたのできたない家ながら二階建になつて居る、しかしここに一軒家があつてそれが旅人宿を営業として居るといふに至つてはどうしても不思議といはざるを得ない　安達ヶ原の鬼のすみかか武蔵野の石の枕でない処が博奕宿と兼ねた処位ではあらうと想像せられた　自分がここへ泊るについて懸念に堪へなかつたのはそんなことではない　食物のことであつた　連日の旅にからだは弱つてゐるし今日は殊に路端へ倒れるほどに疲れて居るのであるから夕飯だけは少しうまい者が食ひたいといふ注文があるのでその注文はとてもこの宿屋でかなへられぬといふことであつた　けれどももう一歩も行けぬからそんなことはあきらめるとして泊ることにした　固(もと)より門も垣も何もない　家の横に廻(まわ)つてとめてくださいといふたが客らしい者は居ないやうだから自分もきつとことわられるであらうと思ふた、ところが意外にもあがれといふことであつた　草鞋を解いて街道に臨んだ方の二階の一室を占めた　鳥海山は窓に当つてゐる　そこで足投げ出して今日の草臥(くたびれ)をいたはりながらつくづくこの家の形勢を見るに別に怪しむべきこともない　十三、四の少女と三十位の女と二人居るが極めてきたない風(ふう)つきでお白粉(しろい)などはちつともない　さうして客は自分一人である　などと考へて居ると膳が来た　驚いた　酢牡蠣(すがき)がある　椀の蓋を取るとこれも牡蠣だ　うまいうまい　非常にうまい　新しい牡蠣だ　実に思ひがけない一軒家の御馳走であつた　歓迎せられない旅にも這種(このしゅ)の興味はある

この文章を読むと、その時の子規の喜びようが溢れているではないか。「うまい、うまい、非常にうまい、新しい牡蠣だ」と相好を崩した子規の顔が、まさしく浮かぶ。

八月十一日　大望の象潟から本庄へ

象潟の変貌で、大望が失望へ

昨夜の夕食に新鮮な牡蠣尽しの旨さに大満足した子規は、一夜を明かして怪しげな旅人宿を出立し、羽州浜街道を象潟へ向かった。砂地の浜街道を川袋―大砂川―洗釜―中野沢―関を経て、いよいよ象潟（由利本荘市象潟町）に着いた。今回の奥州行脚では、紀行文の冒頭に「松島の風象潟の雨」と記しているように、芭蕉の『おくのほそ道』に影響を受けた子規は、松島と象潟とを訪れることが最大の目的であった。子規は象潟の勝景に大きな期待を心に秘めていたが、象潟の変貌に裏切られてしまった。

塩越(しおこし)村を経(ふ)。象潟は昔の姿にあらず、汐越(しおごし)の松はいかゞしたりけん、いたづらに過ぎて善くも究(きわ)めず。

と象潟の風景を一瞥した子規は、風の如く通り過ぎてしまったのである。子規は大いに落胆したのである。象潟は、芭蕉が訪れた百十五年後の文化元年（一八〇四）六月四日、鳥海山の噴火にともなう大地震によって、潟が24メートル程の隆起があり、一夜にして西の松島といわれた八十八潟九十九島の絶景が、文字通り蒼海変じて桑田と化してしまった。

子規は象潟の景観が大地震のために変貌してしまっていることを知っていたのか、それとも知らなかったのか。推測すれば、紀行文の冒頭の文章を見る限り、象潟の勝景が変貌していたことを知らなかったのであろう。

ＪＲ羽後本線象潟駅の東北一帯の田圃と、その中に点在する小丘に、わずかに昔日の俤を偲ぶので、もし象潟の風景が芭蕉当時のままであったら、今の景観の数倍であろうと想像される。子規は象潟について一行も触れていないので、『おくのほそ道』によって、象潟を歩いてみよう。

芭蕉と象潟

往昔、象潟は鳥海山の北西麓に位置し、縦横ともに一里程の入江で、八十八潟と九十九島の景観を称している。規模は松島とは比べものにならないが、海水を湛えた中に幾多の小島が点在した情景は、さながら中国の佳景として有名な西湖を彷彿させるといわれた。そのうえ象潟は芭蕉にとって、敬慕する能因法師と西行

田圃化した象潟の風景（右が能因島）

法師の遺跡があり、心から憧れていた所であった。

元禄二年（一六八九）六月十六日、芭蕉らは大雨に遭って吹浦に一泊して、さらに三崎峠の難所を越え、雨降る中を正午頃に象潟に着いた。芭蕉らはひと休みすると、象潟の入口にあたる象潟橋（欄干橋）に出掛けて行き、中国の詩人蘇東坡の詩「西湖」の一節「山色空濛として雨も亦奇なり」（夕暮れ方、小雨が降って山の景色が煙り、雨の日の眺望も変化していて面白い）という風情を眺めた。

翌十七日、朝の内が小雨だったが、正午頃に止んで日が射してきたので、芭蕉らは象潟の美しい水景を見るために小舟に乗った。『おくのほそ道』に、

……先能因島に舟をよせて、三年幽居の跡をとぶらひ、むかふの岸に舟をあがれば、「花の上こぐ」とよまれし桜の老木、西行法師の記念をのこす。江上に御陵あり。神功后宮の御墓と云。寺を干満珠寺と云。此処に行幸ありし事いまだ聞ず。いかなる事にや。此寺の方丈に座して簾を捲ば、風景一眼の中に尽て、南に鳥海、天をさゝえ、其陰うつりて江にあり。西にむや〳〵の関、路をかぎり、東に堤を築て、秋田にかよふ道遥に、海北にかまえて、浪打入る所を汐こしと云。江の縦横一里ばかり、俤松島にかよひて、又異なり。松島は笑ふが如く、象潟はうらむがごとし。寂しさに悲しみをくはえて、地勢魂をなやますに似たり。

と、松島と並んで双璧ともいうべき名文で記している。そして象潟で詠んだ句に、

象潟や雨に西施がねぶの花　　芭蕉

の名句がある。

芭蕉は旅の行く先々で地元連衆らと句筵興行を行なっているが、ここ象潟では美しい水景の自然を楽しんでいる。今に残る芭蕉の遺跡を巡ってみる。

まず、象潟駅の東側の田圃の中にある小丘は、芭蕉が私淑する能因法師の遺跡である能因島である。ここは能因の、

世の中はかくても経けり蚶方の海士の苫屋をわが宿にして（『後拾遺集』）

と詠んだ所である。当時、海上に浮かぶ小さな島に能因法師が三年間も幽居していたという。芭蕉はこの島に小舟を漕ぎ寄せて上陸している。現在、この小丘を訪れる人もないが、丘上の松陰には「能因島」と刻まれた小さな標石が立っている。今でもここからの鳥海山の眺望は素晴らしい。

ここから田圃の中を北方へ５００メートル程行くと、曹洞宗の皇宮山蚶満寺がある。この地は九十九島の一つ象潟島で、この寺は奈良時代の僧昭機の創建といわれ、その後、仁寿年間（八五一～五四）、天台宗の慈覚大師円仁によって中興され、寺号を干満寺といった。一方、縁起によれば、第十四代仲哀天皇の皇后神功皇后が三韓征伐の帰路、大時化に遭って象潟沖合に漂着した時、それを見つけた小浜宿禰が入江に導き、臨月近い皇后のために仮宮を造った。そこで皇后は皇子誉田別尊（の

ち第十五代応神天皇）を出産したという。この時、皇后が干満・満珠を持っていたことから干満珠と称されたという。

その後、鎌倉時代の正嘉元年（一二五七）、北条時頼が諸国巡回視察の折、この寺を訪れて伽藍を再興、寺領を寄進して開基となり、寺紋も北条氏ゆかりの三ッ鱗の紋所を使用し、北条氏との関係を強調した。のち次第に衰微したが、天正十二年（一五九二）、由利本荘市にある直覚山光善寺の栄林（えいりん）示幸（じこう）が直翁呈機（じきおうていき）を勧請開山として曹洞宗に改宗し、江戸時代には加賀国大乗寺の末寺となった。

芭蕉が蚶満寺に参詣した際、禅鑑和白（ぜんかんわはく）和尚の厚意で本堂の表座敷に通され、簾を巻き上げて眺めると、風景が一目の中にすっかり入ってくる。それは南（南東）の方には鳥海山が天を支えて聳え立ち、その陰が潟の水面に映っている。西（西南）の方は有耶無耶の関で道が仕切られており、東（北東）は堤が続いて、秋田へ通ずる道が遥に見え、北（西）の方からは海が湾入していて、波の打ち入る所を潮越している情景であった。

蚶満寺は広い境内で、山門前の庭園には旅姿の芭蕉像がある。

蚶満寺境内の芭蕉像と句碑

傍らに、

　象潟の雨や西施がねぶの花

の句碑があり、おくのほそ道三〇〇年を記念して、平成元年八月に建てられたものである。芭蕉像の向かいには、西施の碑（平成二年八月、象潟町日中友好協会の建立）がある。

　西施は中国春秋時代に、呉国と越国との間で「呉越の興亡」と呼ばれる戦乱の時、越国（今の浙江省諸曁市）の苧蘿村に生まれた。西施は顔をしかめる癖があり、その様に美しかったので、国中の女性がこれに倣い「西施のひそみ」の故事を生んだ。越王勾践が会稽で破れると、西施を呉王夫差に献じ、夫差の心を乱して政治を怠られる策略を立てた。西施は越の救国のためならと呉国に赴き献身的に呉王夫差に尽した。のち呉国が滅び会稽の恥を雪ぐと、越国では西施を愛国精神の具えた天下第一の美女として讃えられた。悲劇の美女西施を、芭蕉は松島に比べて「うらむがごとし」と象潟の風景に似通うものとして、句に生かしたのである。

　彫刻が施された古めかしい山門には「羽海法窟」の扁額が掲げられ、ここをくぐった左手に本堂がある。左側から裏庭に出ると、一隅に大樟の巨樹、そして小高い所に建つ出世稲荷社の横に、中央に大きく「芭蕉翁」、その左右に「象潟能雨や」「西施が禰ふの花」と初案の句を刻んだ句碑がある。この句碑は宝暦十三年（一七六三）九月、芭蕉七〇年忌に建てられたものである。句碑の傍らに、二本の合歓(ねむ)の木が植えられ、その他、貞女紅蓮尼の碑、舟着き場と舟つなぎ石、猿丸大夫姿見の井戸、西行法師が「象潟の桜は浪にうづもれて花の上漕ぐ海士の釣り船」と詠んだ桜木の跡など物語に富んだ遺跡がある。

また、象潟駅前の広場北側に芭蕉文学碑があり、碑面に、

象潟

きさかたの雨や西施がねぶの花

夕方雨やみて處の
何がし舟にて江の中
案内せらるゝ

ゆふ晴や桜に涼む波の華

腰長の汐といふ處は
いと浅くて靏おり立て
あさるを

腰長や靏脛ぬれて海涼し

武陵芭蕉翁桃青

JR 象潟駅前広場に立つ芭蕉文学碑

と芭蕉の象潟三詠が刻まれている。蚶満寺所蔵の芭蕉真筆懐紙を拡大したもので、昭和四十七年六月に建てられた。なお、句は初案が刻まれている。その傍らに、昭和六十三年八月　象潟町によって二枚組の六十円切手を拡大した「奥の細道記念切手碑」が立ち、「ねぶの花」の絵は日本美術院評議員の日本画家松尾敏男、「象潟や」の書は芸術院会員の村上三島である。

象潟は、芭蕉がこの地に足跡を残し、東北地方の日本海随一の景勝と喧伝したため、その後、多くの文人墨客が訪れた。そのため、ここには芭蕉に関する遺跡が数多く残された。これに反し、子規は芭蕉の跡を追って、わざわざ象潟を訪れたが、地殻変動のため往昔の景勝を見ることができず、何も認めなかったので、この地を訪れたことさえ知られていない。本当に残念である。昭和三年三月下旬、この地を訪れた物理学者・随筆家の寺田寅彦（俳号は藪柑子）は、

象潟は陸になりけり冬田哉

と詠んでいる。寅彦は晩年の子規に師事した門弟で、失意の亡き師を思う情を、この一句に托したのではないか。

芭蕉は、象潟から北方への道を踏んではいないが、芭蕉がしきりに憧れてやまなかった道である。そのことは『幻住庵記』に、

ゐぞが千島をみやらんまでとしきりにおもひ立侍るを同行曾良何某といふもの、多病心もとなし

など袖をひかゆるに心よはりて、……

と記している。同行の曾良に病体であると止められて芭蕉は心ならずもこの地から引き返し、酒田を再訪して、以後、北陸路を南下した。

足の痛みに堪えながら本庄へ

子規は「その人の足あと」を踏むことから離れて、象潟を空しく通り過ぎ、羽州浜街道を金浦―平沢と北上した。だが、途中に足の痛みに堪えかね、しばしば路傍の社殿を借りて仮寝した。そして、目が覚めると、また歩き出したが、歩行が苦しく木陰に休むともなく倒れた時、

喘ぎ〳〵撫子の上に倒れけり

と詠んだ。その後、夕方に涼しくなったので、急ぎに急いで夜になって、本庄（由利本荘市）に着いた。

稍々二更近き頃本庄に著けば町の入り口青楼軒をならべて幾百の顔色ありたけの媚を呈したるも飢渇と疲労になやみて余念なき我には唯臭骸のゐならびたる心地して格子をのぞく若人の胸の内ひたすらにうとまし。

と記している。いくら空腹のうえ、疲労困憊とはいえ、遊女たちを悪臭を放つ骸（死体）というのは、いささか苛烈過ぎてはないだろうか。そして、格子を覗いている自分と同年配の若者たちをひたすら疎ましいといっている。そのうえ、

骸骨とわれには見えて秋の風

とまで詠んでいる。先の酒田では同じような状況の時、「婦女の肌理細かなる」と讃えていたのに対して、ここでは嫌悪感を剥き出しである。子規は青年らしい潔癖さがあまりにも露骨に、過剰に現わしている。何故なのであろう。

その後、痛い足を引きずりながら、街中の旅館に宿泊を請うたが、空室がないと断わられた。そして三、四軒を尋ね歩いたが、みな同じであったので、古雪川（子吉川）を渡って、郊外の石脇の地まで行った。この時、子吉川の袂で、

氷売る橋の袂のともし哉

と詠んでいる。石脇でも一人客は面倒として断わられ、また街中に戻り、警察署に頼んで、やっとむさくるしい旅館に泊まることができた。夕食は午前零時を過ぎていた。

象潟以北の子規は、紀行文にも意気が揚らず、帰京するまでには旅程の三分の一を費やしながら、紀行文の記述は非常に少なくなった。これは象潟の落胆が如何に大きく、その後の情景に傷心の子規の気持ちを楽しませてくれなかったのであろう。

八月十二日　道川で宿泊

この日、子規は昨夜遅く泊まった、むさくるしい旅館を出立した。早朝の路傍に立つ朝市を見ながら歩くと、地元の女性たちが生魚・焼魚・野菜・果物などを売る店が並んでいる。その中に籠に入れた桔梗（ききょう）が売られ、紫色の鮮やかな花が、子規の目に美しく映り、

　一籠（ひとかご）のこき紫や桔梗売

と詠んだ。その他にも、

　朝市や鯛にかぶさる笹の露

の紀行句がある。

本庄は慶長七年（一六〇二）、幕府が山形藩主最上義光（よしあき）に与えたので、義光はこの地の経営を下臣楯岡豊前守満茂に任せた。楯岡氏は慶長十八年から翌年にかけて、子吉川下流に尾崎城を築き、城下町を形成した。のち楯岡氏の本姓が本城であったことから、城は本城城と呼び、その城下町は本城と称した。だが、元和八年（一六二二）に最上氏が改易になったので、楯岡氏も本城を退去し、六郷兵庫頭政乗（まさのり）が常陸国（茨城県）から二万石で入部、現在の本荘になったという。市街地は江戸時代の六

郷氏の典型的な城下町として発展し、その面影は今も各所に残されている。

その中心街の由利本荘市大町の羽後信用金庫本店前に〈一籠の……〉の句碑が立っている。昭和五十一年四月に建立された。

子規は羽州浜街道（国道7号線）を北上したが、まもなく、

初秋の天炎威未だをさまらず熱さは熱し。昨夜の旅草臥猶いえずして足のうら痛さは痛し。熱さと痛さとに攻められてこゝが風流なり。

と記している。

初秋になっても、まだまだ残暑が酷しく、そして昨日の疲労がたまり、足の裏の痛さが続いた。六里の行程を歩いて、ようやく道川（由利本荘市）に着いた。子規はこんな状態では休憩するしかないと思い、太陽がまだ高いうちに、宿をとって疲労を癒すことにした。睡眠不足と酷暑のため、子規はまったく何も書いていない。

羽後信用金庫本店前にある子規の句碑

八月十三日　八郎潟を望み、一日市に宿泊

この日、子規は道川を出立し、羽州街道（国道7号線）を北上するが、途中で足の痛みを庇うために馬車を利用して秋田（秋田市）に着いた。さらに人力車に乗り換えて大久保（南秋田郡昭和町）に赴き、ここで車を降りて歩けば、南岸の八郎潟（現在、八郎潟調整池）が眼前に海のように横たわっていた。それを見て、

八郎の姿を見れば秋なりける
八郎湖のへりを取りたる青田哉

などと詠んでいる。そして、八郎潟岸に佇んで望み、

北の方は山脈断続恰も嶋のならびたらんやうに見え西の方は本山真山高く聳えて右に少し離れたるは寒風山なり。夕日は傾きて本山の上二三間の処は落ちたりと見るに一条の虹は西方に現はれたり。不思議と熟視するに一条の円虹僅に両欠片を認むるのみにて其外は淡雲掩ひ重なりて何事も見えざりき。こは普通の虹にはあらで「ハロ」となん呼ぶ者ならんを我は始めてこゝに見たるなり。

と記している。

八郎潟の北方には山脈が断続的に連らなり、島が並んでいるように見え、西方には男鹿三山の本山（標高715メートル）、真山（標高567メートル）、そして右側少し離れた所に寒風山（標高355メートル）が望まれた。夕日が傾むいて本山の頂に落ちるのを見ていると、一条の虹が西方に現れ、不思議だと見ているうちに、一条の円虹となったが、わずかに両側の欠片を認めるのみで、その他は薄くたなびく雲に覆いかぶされて、何も見えなかった。これは普通の虹ではなく、ハロー（暈（かさ））と呼ばれ、子規は初めて見たのである。夕暮れの八郎潟の岸に佇んでいる子規の孤影には、旅愁が漂っている。

八郎潟まで来た子規は、旅の目的を果たしたような気がし、日が暮れたので一日市（ひといち）（八郎潟町）の旅館に投宿した。こんな僻地の旅館であるが、部屋は綺麗に掃除が行き届いていた。だが「……魚介の鮮なけれども、まめやかにもてなしたるはうれし」とあり、海に近いのに魚介は新鮮でないが、丁寧にもてなされ、子規は大変嬉しかった。

現在の八郎潟の風景（手前は東部承水路）

八月十四日　三倉鼻と八郎潟

子規は一日市の旅館で一夜を明かすと、この日、すぐに新聞「日本」社主の陸実（くがみのる）（羯南（かつなん））宛に書簡を書いた。文面には、

拝啓溽暑（じょくじょ）中々難去候　御地も同様ト存候嘸（さぞ）御困却（こんきゃく）の事と奉存候　小生去ル五日仙台を辞し関山越より羽前に入り最上川を下り陸路酒田本庄を経て昨日秋田より当地着（ちゃく）目的ハ只象潟一見に御坐候　炎天といひ羸脚（るいきゃく）といひ数日の行脚にほと〱行きなやミ候ニ付昨日ヨリ掟（おきて）を破り馬車人車等に打乗申候　蓋（けだ）シ天愈（いよいよ）熱く懐漸（ようや）く冷かなる時候に向ひ候ニ付車馬ハ全ク禁シしかも一日十里詰之歩行しなければ帰京難致都合に相成両三日ハやつて見候へとも何分十里ハ扨（さて）置七八里も無覚束（おぼつかなく）終（つい）に右の禁も解き申候

就而（ついて）ハ軍用金不足ニ付毎々恐入候へとも又々三四円拝借仕度何卒願上申候　尤（もっとも）旅費之尽きたる処より電信か郵便にて可申上候ニ付其節又々御手段相煩（わずらい）申度候　当地よりハ可成早く鉄道ニとりつく考なれども青森へ出ては不経済ニ付秋田より横手に帰りそれより黒沢尻ニ出る積りニ御坐候　出立後一月ニ垂（なんな）んとすれハ最早帰京も可然と存候　先ハ用事迄　恐惶謹言

象潟湖畔旅亭

八月十四日朝

と、今までの行程とこれからの予定を記し、八月七日に楯岡で叔父大原恒徳に宛た書簡と同様、旅費の無心をしている。ただ、象潟湖畔とあるのは、八郎潟畔の誤まりである。

子規は書簡を書き上げて、旅館の庭に秋田名物の大きな蕗(ふき)の葉を初めて見て、

蕗の葉のやぶるゝ音や秋の風

と詠んでいる。

一日市の旅館を出立して、羽州街道を北上した子規は、約一・五里で盲鼻(めくらばな)(三倉鼻・八郎潟町三倉鼻)に着いた。三倉鼻は三種町と八郎潟町との町境に位置する岩山で、八郎潟に臨んだ湖岸随一の景勝の地である。現在は三倉鼻公園となっている。ここは往昔、八郎潟に突き出した馬の鞍に似た地形で、かなりの険路であった。天正年間(一五七三〜九二)、領主の秋田実季(さねすえ)が軍事上の要路として檜山と土崎との新道を開削した時、険阻な森を人馬が通れるように切り拓いたのである。江戸時代に、この地を訪れた国学者・紀行家の菅江真澄の『かすむ月星』には、

三鞍波南、山の高う峙へたるをくにうど嶮といふ。三のくらてふこととなむ。はた、うまのしつくらにも似たればいふとも。いただきに石の地蔵をすへ地蔵峠の名とも聞え、糖森にささやかの桜咲き、つくし森の峡よりここらの花の見えたるなどおもしろし。

と記され、今でも頂上には菅笠をかぶった地蔵が立つ。旅人や湖の漁師の安全を祈願したものと思われる。また、文中の「つくし森」は、かつて三倉鼻と連なって八郎潟周辺の景観を保った秀山のことであった。だが、明治三十三年に奥羽線敷設工事や道路拡張（国道7号線）の整備のために切り崩され、現在は往時の面影はまったくない。

明治十四年、明治天皇は東北巡幸の際、この三倉鼻を行在所として休息した。その後、明治二十五年七月、幸田露伴が聖跡としてこの地を訪れ、紀行文『易心後語』に、

　二十三日、三倉が鼻という小高き所にさしかかりしにここは聖駕を駐(と)めさせ給ひて龍顔和やかに少時は山水を賞でさせ給ひし地と承りぬ。同じくは御座が端とか御座が崎とか改め呼びたし。（中略）雪くまどれる浅翠の鳥海山をはるか左に、深翠色の寒風の山々を眼の前にして八龍王も棲みつべき漫々たる湖を瞰下(かんか)せば夕暮れ方の波烟(けぶ)り茫々(ぼうぼう)とした漁舟を籠め、闘字に張り出で乙字に彎(ひか)れる崎やら、浦やら田圃やらすべて青々たるも他所に類なく優しき景にてあはれ一句をと枯腸(こちょう)をしぼれど満目(まんもく)の詩趣に一念空しく、混沌として取り出で云ふべき言の葉もなく、仮令(たとい)芭蕉に句ありと我首(しゅ)肯(こう)し得じと思ふのみなりき。

と記している。名文である。夕靄に霞み、狼煙が茫々とする八郎潟を眼前にして、感涙にむせぶ露伴の心の鼓動が伝わってくるようだ。もし、芭蕉がこの地を訪れたとしても、松島を訪れた際、「造化

の天工、いづれの人が筆をふるひ詞を尽くさむ」と述懐しているように、ただ「口を閉ぢ」（句作を断念）たままであったろうと思われる。

子規は三倉鼻の丘上に登って八郎潟を望み、

……四方山低う囲んで細波渺々唯寒風山の屹立するあるのみ。三ツ四ツ棹さして行く筏静かにして心遠く思ひ幽かなり。

秋高う入海晴れて鶴一羽

と記している。子規は湖岸随一の景勝地に立ったが、予想外に平凡な風景描写である。

子規は、人生を旅といた芭蕉の心情を追体験することが悲願であったので、病体を押しての八郎潟を果てとする奥羽行脚に、芭蕉の姿と重ね合わせたのであろう。自己の命の長くないことを予知していた子規にとっては、旅路の果てのこの地に佇んで、心の中に一羽の鶴はどのように羽を休めていたのだろうか。

三倉鼻公園内に立つ子規の句碑

八郎潟は打瀬舟が長閑に浮かぶ詩情豊かな風物詩に彩られていたが、昭和三十二年以来の干拓事業で食糧基地に変貌し、子規が訪れた往事の風情らはまったくない。三倉鼻公園に残存湖を臨むように〈秋高う……〉と刻まれた子規の句碑がある。この句碑は昭和三十九年九月に建てられた。傍らに閑院宮殿下お手植えの松や、小松宮殿下お手植えの桜があり、静謐な情趣を漂わせている。

三倉鼻山麓の洞穴には、夫殿大権現と八竜権現とを祀る小祠がある。国道7号線沿いにある洞穴は海岸であった頃の波蝕洞穴で、すでに縄文時代から利用されていたらしい。口碑では三湖（十和田湖・八郎潟・田沢湖）伝説の竜神八郎太郎が十和田湖で南祖坊の法力も破れて米代川を下って、この洞穴に住んだ所として崇められた。それと美しい姉妹と修験者（父おとど様）の家にまつわる悲哀に満ちた恋物語もいまに語り伝えられている。子規はこの洞穴について、「八郎につきて口碑あり。大蛇の名なりとぞ」と記している。

芭蕉は象潟を『おくのほそ道』の北端とした。これに対し、子規は奥羽行脚の北端を八郎潟として、秋田へ戻った。ここで一泊した。

八月十五日　人力車に乗って大曲へ

この日、子規は秋田の旅館で、七月十九日に上野停車場を出発する際に、見送りに来た親友五百木良三（瓢亭（ひょうてい））宛に葉書を送った。

行軍如何御帰京に候や　小子めぐり〳〵て本日当地発これより帰途に就き申候　いづれ着京は五六日の内なるべしと存居候　昨日は象潟見物いたしまづ〳〵前ぶれだけの義理をすませ申候

　松風の価をねぎる残暑哉

　　（此頃大窮迫の体也）

秋高う象かた晴れて鶴一羽

きさ潟の姿を見れば秋なりける

一籠のこき紫や桔梗売

の文面である。

期待していた象潟の風景に裏切られた子規は象潟を風の如くに通り過ぎ、紀行文中には何の記述もなかったが、この葉書には象潟で作った二句が書かれていた。だが、落胆したためか、訪れていた場所と日日（ひにち）が違っている。

子規は秋田を出立し、羽州街道（国道13号線）を南東に進んで大曲（現・大仙市）へ向かったが、途中の御所野（ごしょの）（秋田市）に着いた。このあたりの情景は「御所野のほとり縄手松高うして満地（まんち）の清陰涼風洗ふが如し」と記され、畦道に植えられた大きな松は、地面いっぱいに涼しい木陰をつくっている。現在の御所野は、秋田市の郊外として新興住宅が建ち並び、大きなショッピングセンターがあり、往時の面影はまったくない。

正面に鳥海山が高く聳えているのを望みながら、戸島（とじま）（秋田市）から人力車に乗り、大曲（大仙市）へ向かった。人力車に乗りながらも、道端の草花に目をやり、

　草花や人力はしる秋田道

　女郎花枝の出るこそわりなけれ

などと詠んだ。夕月がほのかに神宮寺山の頂に見える頃、雄物川に架かる長橋（玉川橋）を渡って大曲に着いた。そこで、

　夕月や車のりこむ大曲り

の一句を残した。

神宮寺山と雄物川

この日は残暑が酷しかったが、戸島から人力車を利用したので、疲労や足の痛みもなかった。大曲の旅館に到着すると、ただちに東京・本郷の帝国大学の学舎にいる友人の夏目金之助（漱石）宛に葉書を書いた。

拝啓寄宿舎の夏季休暇果して如何　愚生財政困難のため真成之行脚と出掛候処炎天熱地の間にむし殺されんづ勢にて大に辟易し此頃ハ別仕立の人車追ひ通しに御坐候　風流ハ足のいたきもの紳士ハ尻のいたきものに御坐候

秋高う象潟晴れて鶴一羽

喘ぎ〳〵撫し子の上に倒れけり

とある。そして、下欄横書で「四五日内に帰京可到候」と書いている。漱石は七月に大学を卒業し、ただちに大学院に進んだが、夏休みは経済上の理由から寄宿舎にいたという。

秋田から大曲へ向かったが、炎天下の熱さに蒸し殺されそうだったと悲鳴をあげ、さらに「旅の風流とは足の痛きもの、紳士は尻の痛きもの」と嘆いたのである。人力車で戸島から大曲まで十里程を乗ったままでは足でも、尻でも痛くなったことだろう。

八月十六日　黒森山峠を越えて湯田温泉峡へ

奥羽山脈越えの山路で野いちごを食う

この日、子規は出立前に漱石宛の葉書を投函した。そして、大曲から現在の国道13号線を南東へ進み、追分の地点で右折すれば横手に行くが左折して、しばらく進むと六郷町（現・仙北郡美郷町）に着いた。六郷町東郊の東根（ひがしね）で、子規は粗末な家で昼寝をとり、ここで「菓子など買ひ蓄え」、奥羽山脈越えの新道（県道12号線）をたどって、岩手県和賀郡の湯田温泉峡湯本温泉を目指した。途中、山林の立木を伐採する樵夫（きこり）らの歌声や木を運ぶ馬の嘶（いなな）きを聞きながら歩を進めた。このあたりの情況を、明治三十四年に子規は随筆『くだもの』で詳細に述べている。

……大曲で一泊して六郷を通り過ぎた時に、道の左傍（ひだりわき）に平和街道へ出る近道が出来たといふ事が棒杭に書てあつた。近道が出来たのならば横手へ廻る必要もないから、此近道を行つて見やうと思ふて、左へ這入て行つたところが、昔からの街道で無いのだから昼飯を食ふ処も無いのには閉口した。路傍の茶店を一軒見つけ出して怪しい昼飯を済まして、それから奥へ進んで行く所がだん〳〵山が近くなる程村も淋しくなる、心細い様ではあるが又なつかしい心持もした。山路にかゝつて来ると路は思ひの外によい路で、あまり林などは無いから麓村（ふもとむら）などを見下して晴れ〳〵としてよかつた。併し人の通らぬ処と見えて、旅人にも会はねば木樵（きこり）にも遇はぬ。もとより茶店が一軒あるわけでもない。頂上近く登つたと思ふ時分に向ふを見ると、向ふは皆自分の居る処よりも遥（はるか）に高い山がめぐつておる。自分の居る山と向ふの山との谷を見ると、何町あるかもわからぬと思ふほど下へ深く見える。其大きな谷あいには森もなく、畑もなく、家もなく、唯奇麗な谷あいであつた。それから山の背に添ふて曲りくねつた路を歩むともなく歩（あゆん）でゐると、遥の谷底に極（ごく）平たい地面があつて、其処に沢山点を打つた様なものが見える。何ともわからぬので不思議に堪へなかつた。だん〳〵歩内に、路が下つてゐたと見え、曲り角に来た時にふと下を見下すと、さきに点を打つた様に見えたのは牛であるといふ事がわかる迄に近づいてゐた。愈〻不思議になつた。牛は四五十頭もゐるであらうと思はれたが、人も家も少しも見えぬのである。それから又暫く歩いてゐると、路傍の荊棘（いばら）の中でがさ〳〵といふ音がしたので、余は驚いた。見ると牛であつた。頭の上の方の崖でもがさ〳〵といふ、其処にも牛がゐるのである。向ふの方が又がさ〳〵いふので牛かと思ふて見ると今度は人であつた。始て牛飼の居る事がわかつた。崖の下を見ると牛の群がつてをる例の平地はすぐ目の前に迄近づいて来て居つたのに驚いた。余の位地は非常に下つて来たのである。其処等の叢（くさむら）にも路にも幾つともなく牛が群れて居るので余は少し当惑したが、幸に牛の方で逃げてくれるので通行には邪魔にならなかつた。それから又同じ様な山路を二三町も行た頃であつたと思ふ、……

とある。そして、折から夕日が傾き心細くなって道を急いでいると、「路傍覆盆子(いちご)林を成す。実は珠を連ねたらんやうなり」という有様であった。子規はイチゴが大好物であったので、貪り食べた。この時の様子を随筆『くだもの』には続いて、

……突然左り側の崖の上に木いちごの林を見つけ出したのである。あるも〳〵四五間(けん)の間は透間(すきま)もなきいちごの茂りで、しかも猿が馬場で見た様な瘠(やせ)いちごではなかつた。嬉しさはいふ迄もないので、餓鬼の様に食ふた。食ふても〳〵尽きる事ではない。時々後ろの方から牛が襲(おそ)ふて来やしまひかと恐れて後振り向いて見ては又一散に食ひ入つた。もとより厭(あ)く事を知らぬ余であるけれども、日の暮れかゝつたのに驚いていちご林を見棄てた。

と、心残りであったことを回想し、明治二十四年六月に木曽路を旅した際、猿が馬場峠（長野県更埴市と東筑摩郡麻績村との境の峠）で出合った木いちごよりもたわわに実っていたという（『かけはしの記』『くだもの』）。また『松蘿玉液』の「果物」にも、

……いちごは西洋いちごを善しとす。されど行脚(あんぎや)の足くたびれて草鞋の緒ゆるみたる頃巌の角に腰打ち据ゑて汗を拭ふ手の下に端なく見つけて取り食ひたる、味は問はず時に取りていと嬉し、出羽の山中に思はず日を暮らしたるもこれがためなり。……

とあるから、余程忘れられない思い出であったのだろう。

現在、六郷町東根から県道を進むと、途中から九十九折の道はかなりきつく、標高763メートルの黒森山（くろもりやま）の頂上付近には県民の森や黒森山峠の展望台がある。展望台からは仙北郡を一望でき、展望台の下に、

　蜻蛉を相手にのぼる峠かな

の句碑がある。峠道を越えようとする子規の周辺をトンボ（オニヤンマ）が飛び回わったのであろう。今でもその光景が浮かんできそうな静かな黒森山峠である。この句碑は六郷町制施行一〇〇周年を記念し、子規の九〇回目の命日にあたる平成三年九月十九日に建てられた。

黒森山峠を越えて湯田温泉峡湯本温泉へ

黒森山峠を越えた子規は急ぎ山を下り、

　下り〳〵てはるかの山もとに二三の茅屋（ぼうおく）を認む。そを力にいそげども曲りに曲りし山路はたやすくそこに出づくべくもあらず。

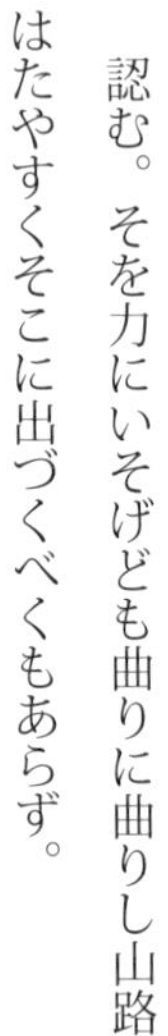

黒森山峠の展望台の傍らに立つ子規の句碑

と記し、「山上より山麓の人家を見ながら路遠く日のくれかゝるに」と詞書を付け、

　蜩や夕日の里は見えながら

と詠んでいる。この道は峠から先は自動車も通れない山道で、まもなく県境を越え岩手県和賀郡西和賀町となり、さらに二里程で下前に出る。ここの農道脇に〈蜩や……〉の句碑が立っている。この句碑は昭和二十五年十月、郷土文化の振興のため地元有志によって建てられた。

　子規は下前から十五夜の月の光の中を心細く思いながら、さらに二里程の農道を歩くと、四、五軒の旅館が建つ湯本温泉にたどり着いた。やっとの思いで旅館に泊まることができたが、むさくるしい場所で寝たのである。湯本温泉では、

　白露に家四五軒の小村かな
　秋風や人あらはなる山の宿
　山の温泉や裸の上の天の河
　肌寒み寝ぬよすがらや温泉の臭ひ

などと詠んでいる。

　奥羽山脈の山懐に抱かれた湯田温泉峡湯本温泉は、開湯されて約三百五十年の湯の里で、

下前の農道脇に立つ子規の句碑

温泉街の中を和賀川の峡谷が流れ、四季折々の美しい風景が望まれる。子規が明治二十六年八月十六日、奥羽行脚の際にこの地に一夜の宿をとったことが切っ掛けに、昭和二十五年七月に温泉街の一角、湯本温泉句碑公園の子規の池畔に、

山の温泉や裸の上の天の河　子規

夏陰のこの道を斯く行きたらん　虚子

と、弟子の高浜虚子の句と並刻された句碑が建てられた。そして、平成十一年に湯本温泉句碑建立事業の一環として、湯本温泉句碑公園に子規文学碑が建立された。碑面には『はて知らずの記』の湯本温泉の項の一節、

宵月（しょうげつ）をたよりに心細くも猶（なお）一二里の道を辿りて、とある小村に出でぬ。こゝは湯田といふ温泉場なりけり。宿りをこへば家は普請にかゝり客は二階に満ちて宿し参らすべき処なしとことわる。強ひて請ふに台所の片隅に炉（いろり）をかゝへて畳二枚許り敷きわが一夜の旅枕とは定まりぬ。建具とゝのはねば鼾声（かんせい）三尺の外（ほか）は温泉に通ふ人音（ひとおと）常に絶えず。

白露に家四五軒の小村かな

山の温泉や裸の上の天の河

肌寒み寝ぬよすがらや温泉の臭ひ

秋もはやうそ寒き夜の山風は障子なき窓を吹き透して我枕を襲ひ、薄蒲団の縫目深く潜みて人を窺ひたる蚤の群は一時に飛び出でゝ我夢を破る。草臥の足を踏みのばして眠り未だ成らぬに。十七日の朝は枕上の塒の中より声高く明けはじめぬ。

が刻まれている。また、JR北上線ほっとゆだ駅前には、

秋風や人あらはなる山の宿　子規

半ば腕車の力を借りてひたすらに和賀川に従ふて下る。こゝより杉名畑に至る六七里の間山迫りて河急に樹緑にして水青し。風光絶佳雅趣掬すべく誠に近国無比の勝地なり。

と、句と『はて知らずの記』の一節を刻んだ文学碑があり、昭和四十二年六月に建立された。子規ゆかりの湯の里は、四季折々に美しく彩られ、以後、多くの俳人たちの吟行の地となり、今では俳句の里として知られている。

湯本温泉句碑公園内に立つ弟子
高浜虚子の句と並刻された子規の句碑

八月十七日　和賀川に沿って黒沢尻へ

この日、小鳥の啼き声で夜が明けた。子規は湯本温泉から人力車で黒沢尻（北上市）へ向かって出立した。和賀川の渓谷に沿って下ると川尻で、ここから左側は山が迫り、眼下に和賀川の急流を望みながら進んだ。現在、川尻から杉名畑（すぎなばた）の山道は国道１０７号線となり、和賀川の渓谷は湯田ダムが造られて錦秋湖に風景は変わった。だが、ダム湖は秋になると四囲の山々が紅葉して一段と美しい。杉名畑から和賀仙人を過ぎると、石羽根ダムとなり、岩沢（北上市）の石羽根ダム湖畔広場に、『はて知らずの記』の一節、

　こゝより杉名畑に至る六七里の間山迫りて河急に樹緑にして水青し。風光絶佳雅趣掬すべく誠に近国無比の勝地なり。三里一直線の担途を一走りに黒沢尻に達す。

が刻まれた文学碑がある。奥羽行脚から一〇〇年にあたることを記念して、平成六年三月に子規の旅一〇〇周年記念事業実行委員

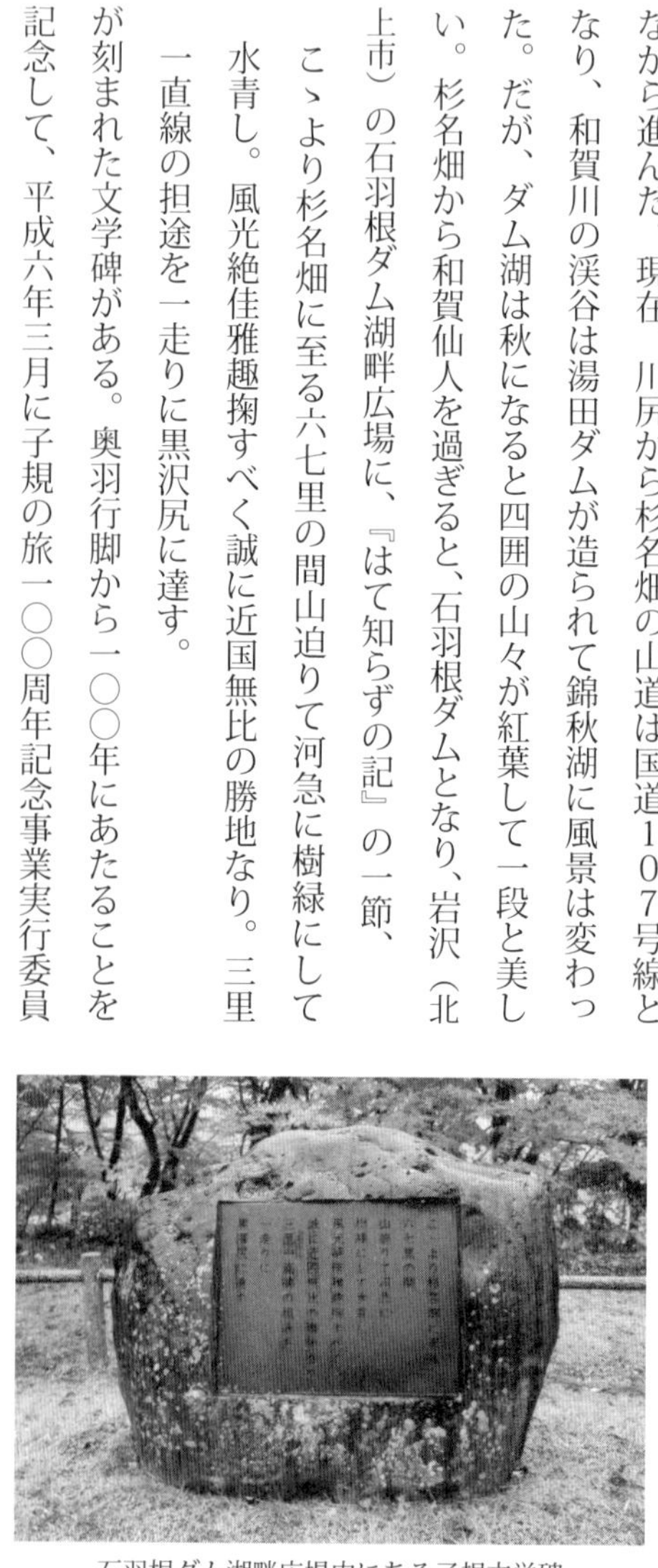

石羽根ダム湖畔広場内にある子規文学碑

会によって建立された。湖畔広場は国道107号線から外れた和賀川沿いにあるので、人影もなく、静まりかえった園内に忘れ去れたように、碑一基がぽつんと立っている。

和賀川に沿った国道107号線を進み、横川目―堅川目―下江釣子を経て黒沢尻に着き、旅館伊勢屋で旅装を解いた。この日は旧暦七月六日で、黒沢尻の家々の軒には、五色の短冊に和歌や願い事を書いて竹の枝葉に飾った七夕竹が立っていた。

子規は夜になると、七夕の前夜祭だったので、町内の散策に出掛けたが、途中で稲妻が光って雨が降り出した。そこで子規は、

七夕の袖やかざゝん夕あらし

と詠み、仕方なく旅館へ戻った。

静まりかえった石羽根ダム湖畔広場

八月十八日　黒沢尻の旅館で青年らと俳談

昨夜は稲光とともに雨が降ってきたが、この日も朝から風雨が烈しく、子規は帰京を断念し、もう一日逗留することにした。約一カ月におよぶ奥羽行脚の終わりであり、子規はかなり体力を消耗していたので、疲労を癒すのには恵みの雨であった。

終日雨は止まず、今日の七夕祭りも中止となり、その上、市街の散策もできない子規は、話し相手もいない部屋で一人淋しく過ごしていた。筆まめの子規であったが、いまは体力も気力もなかったのか、筆を止めている。すると旅館伊勢屋の息子で新体詩に凝っている詩人豊田玉萩と旅館の隣に住む俳人佐藤志水（本名は吉治）の二人が、子規の部屋を尋ねてきた。子規の今回の旅の目的は、そもそも東北各地の有力な旧派宗匠との俳句に対する意見交換であった。だが、子規は彼ら宗匠の無学無知無才たる体に、心底から憤懣やる方ない思いがあり、俳談する機会を失った。そこに現われた二青年と子規は、心行くまで俳談に花を咲かせた。この旅の最後に、この二人の文学青年に出会ったことは、子規にとって大いなる満足であったに違いない。

この折、子規は赤い短冊に、

　　灯のともる雨夜の桜しづか也

と、一句を認めて志水に与えた。七夕の短冊として書いたものであろうか。この短冊は昭和三十二年、市内の旧家から発見され、現在は日本現代詩歌文学館（北上市本石町2―5）に所蔵されている。この句は『はて知らずの記』や『寒山落木』（巻一・明治十八年から同二十六年までの初期俳句をまとめたもの）にも記載されていない。

　昭和五十七年六月二十三日、東北新幹線の開通と、北上駅停車を記念して、住宅街の中に建つ小さな雷神社（いかずち）（北上市九年橋2―6）境内に、

　　灯のともる雨夜の桜しづか也

と、丸い形の黒御影石に子規直筆を拡大して刻まれた句碑が地元有志によって建てられた。

雷神社境内に立つ子規の句碑

八月十九日　水沢公園を訪ね、帰京の途に

この日、朝から曇天で、時々小雨が降った。子規は散策に出掛けず部屋にいると、秋の蝿(はえ)に悩まされ、

秋の蝿二尺のうちを立ち去らず

はたごやにわれをなぶるか秋の蝿

などと詠んで、わずらわしさを表している。

午後になると、子規は黒沢尻を出立して奥羽線に乗って水沢（奥州市）に赴いた。すぐに子規は町の南端にある青森―仙台間第一の公園といわれた水沢公園（奥州市水沢区中上野町1丁目）を訪れ、園内の桜・梅・桃・梨などの木々を見て賞讃している。ここの割烹店に入り、

此門や客の出入にちる柳

と詠み、さらに

背に吹くや五十四郡(ごじゅうしぐん)の秋の風

と詠みながら園内を散策した。夜になると、水沢停車場から夜汽車で帰京の途についた。

水沢から奥州街道(国道4号線)を南方へわずか六里(汽車の利用も可能)に、芭蕉が元禄二年(一六八九)

五月十三日、おくのほそ道の途次で訪れた平泉（岩手県平泉町）で、芭蕉が、

夏草や兵どもが夢の跡　　芭蕉

と、名句を詠んだ所である。

だが、子規は帰心が強かったのか、疲労困憊だったのか、意外にも一顧だにせず車中の人となった。

水沢公園は、現在も桜の名所で、彼岸桜を中心に約五〇〇本の古木が並び、岩手県出身の偉人斎藤実（まこと）（海軍軍人・政治家）や後藤新平（政治家・東京市長）の銅像がある。そのそばに、昭和二十四年十月三十日に砂金兵記が建立した子規の句碑がある。碑面には、

奥州行脚の帰途

背に吹くや五十四郡の秋の声　　子規

正岡子規先生注（ママ）年みちのく行脚の途当公園にて此の句を詠む。

と刻まれている。

水沢公園内に立つ子規の句碑

八月二十日　夜汽車で帰京

この日、昨夜に水沢停車場から夜汽車に乗り、白河の関あたりで夜が明け、車窓が明るくなった。この時、

白河や二度こゆる時秋の風

と詠み車窓から小雨の降る中に白河の関あたりの風景を見ている。正午頃に上野停車場に到着し、帰京の感慨は、

みちのくを出てにぎはしや江戸の秋

と詠んでいる。そして、

始めよりはてしらずの記と題す。必ずしも海に入り天に上るの覚悟にも非ず。三十日の旅路恙(つつが)なく八郎潟を果(はて)として帰る目(め)あては終(つひ)に東都の一草庵をはなれず。人生は固(もと)よりはてしらずなる世の中に、はてしらずの記を作りて今は其(その)はてを告ぐ。はてありとて喜ぶべきにもあらず。はてしらずとて悲むべきにもあらず。無窮時(むきゅうじ)の間に暫く我一生を限り我一生の間に暫く此一紀行を限り冠(かぶ)らすにはてしらずの名を以てす。はてしらずの記こゝに尽きたりとも誰か我旅の果(はて)を知る者あらんや。

と結んだ。さらには「はて知らずの記の後に題」と詞書を付け、

　秋風や旅の浮世のはてしらず

と、最後の句を詠んだ。

　子規は自らの目で奥羽地方を見、またそれと同事に芭蕉の『おくのほそ道』を通しても奥羽地方を見たのである。そして『はて知らずの記』の最後を「はて知らずの記こゝに尽きたりとも誰か我旅の果を知る者あらんや」と結び、自らの人生の行方に思いを馳せたのであろうか。

　現在のように交通の便が発達しているならいざ知らず、唯一足を頼りに、病後日なお浅いにもかかわらず、炎暑と足の痛みに堪えながら、一カ月余にわたって奥州行脚を敢行した子規の意志の強さには、ただただ驚嘆せざると得ない。この強い決断力こそ、子規をしてのちの十年間に偉大な芸術を生み、芸術への改革を行なわしめたといっても過言ではあるまい。

　この『はて知らずの記』は、明治二十六年七月十九日から八月二十日までの一カ月余におよび奥州行脚の記で、この行脚は子規の生涯の中で行程といい日数といい、最大の旅であった。そして、七月二十三日から九月十日までいわば同時進行の形で、二十一回にわたって新聞「日本」に掲載され、のち推敲を加えて明治二十八年九月に『増補再版獺祭書屋俳話』として刊行された。

〈参考文献〉

講談社版『子規全集』（第1巻・第11巻・第12巻・第13巻・第18巻・第22巻）
子規庵保存会編『子規はて知らずの記』〈草稿〉（２００7年9月）
萩原恭男校注『芭蕉おくのほそ道』（岩波書店・１９８8年7月）
河東碧梧桐著『子規の回想』（昭南書房・昭和19年6月）
河東碧梧桐著『子規を語る』（岩波書店・２００2年6月）
藤川忠治著『正岡子規』（山海堂出版部・昭和8年9月）
村山古郷著『明治俳壇史』（角川書店・昭和53年9月）
荻原井泉水著『奥の細道ノート』（新潮社・昭和30年6月）
工藤寛正著『おくのほそ道探訪事典』（東京堂出版・２０１1年7月）
猪狩三郎著『おくのほそ道―福島県探勝記』（歴史春秋社・２００3年1月）
佐々久監修『仙台の散歩―歴史と文学をたずねて』（宝文堂・昭和58年8月）
結城健三著『子規の文学精神』（葦牙書房・昭和17年11月）
齋藤利世著『子規と山形』（やまがた散歩社・昭和52年12月）
早坂忠雄著『奥の細道―芭蕉と出羽路』（昭和45年6月）

あとがき

子規は明治三十五年（一九〇二）九月十九日、結核性腰椎骨カリエスのため、下谷・根岸の子規庵で、三十五歳の若さで亡くなった。

晩年の明治二十九年二月頃から左の腰が腫れて痛みがひどく、ただ横になるだけでも身動きができない状態になり、その病状は時間とともに悪化していった。そして、明治三十五年五月五日付の新聞「日本」に『病床六尺』を連載し始め、「病床六尺、これが我世界である。しかもこの六尺の病床が余には広過ぎるのである。……」と書き、この〝病床の人〟が子規の代名詞ともいえる。〝病床の人〟として、子規庵の六畳間の世界での生活が、死の訪れるまで六年間以上も続いた。

だが、子規は十六歳で上京、以後、常盤会寄宿舎の舎友、大学予備門の学友、そして単身でしばしば旅に出て、多くの句を作り、紀行文を書いた。まさに、この青年は〝歩く人〟と呼ばれる程、旅を愛した。しかしながら、明治二十二年四月に学友と「水戸紀行」に出掛け、帰京後、常盤会寄宿舎で喀血をし、医師の診療で肺結核といわれ、自らの俳号を〝子規〟と称した。その後も〝歩く人〟として細心な注意と養生とをしながら旅を楽しみ、一応の小康を保っていたが、明治二十六年に入ると、病臥することが多くなった。ここで〝歩く人・子規〟は内なる危機感を高じさせ、今を措いては後がないという決意の下、奥羽行脚の困難で長途の旅に出ることにした。
盛夏の東北地方も連日炎暑が続き、病体には非常に過酷な旅であった。だが、これを克服し、美しい東北地方の自然に接し、新しい句作を得る写実的手法を会得し、「名句ハ菅笠ヲ被リ草履ヲ著ケテ世ニ生ル、モノ」を体験した。旅に出られなくなってからは、病床の部屋の柱に掛けられた「旅の魂」である蓑笠を眺めることで、文学業績や人間形成が達成されたのではないか。この結果において〝歩く人・子規〟の面目躍如たるものであった。

本書は平成三十一年二月、株式会社里文出版より刊行されましたが、里文出版の都合で絶版になっておりました。ところがこの度、株式会社メトロポリタンプレスによって復刊されることになりましたので、改めて訂正・加筆をいたしました。復刊にあたってご尽力くださいました（株）メトロポリタンプレス社長深澤徹也氏、同社書籍編集室堀川隆氏のご厚意に対して深甚の謝意を表します。

工藤　識

二〇二三年六月

著者紹介

工藤寛正（くどう　ひろまさ）

1941年、神奈川県川崎市生まれ。筆名、岩井寛。

長く雑誌編集に関わり、雑誌『歴史と旅』編集長を経て文筆業。

著書に『作家臨終図会』（徳間書店）、『週末計画 作家のお墓を訪ねよう』（同文書院）、『作家の臨終・墓碑事典』（東京堂出版）、『図説 東京お墓散歩』『図説 江戸の芭蕉を歩く』（以上、河出書房新社）、『藩と城下町の事典』『江戸時代全大名事典』『おくのほそ道探訪事典』『徳川・松平一族の事典』『文豪墓碑大事典』（いずれも単著、東京堂出版）ほか。

子規のおくのほそ道
『はてしらずの記』を歩く　新装改訂版

2023年7月26日　新装改訂版発行
著　者　工藤寛正
発行者　深澤徹也
発行所　株式会社メトロポリタンプレス
〒174-0042 東京都板橋区東坂下2-4-15 TKビル1階
電話 03-5918-8461　Fax 03-5918-8463
https://www.metpress.co.jp

印刷・製本　株式会社ティーケー出版印刷

ISBN978-4-909908-79-7　C0092

■本書は2019年に里文出版より刊行されたものを復刊したものです。